AF398808

ÉTABLISSEMENT
DE
L'ACADÉMIE
ROYALE
DE PEINTURE
ET DE SCULPTURE.

PAR LETTRES PATENTES DU ROY
verifiées en Parlement.

A PARIS,

De l'Imprimerie de JACQUES COLLOMBAT, Imprimeur ordinaire du Roy,
& de l'Academie Royale de Peinture & de Sculpture;
ruë S. Jacques, au Pelican.

M. DCC. XXIII.

AVEC PRIVILEGE DE SA MAJESTE'.

LE TRIOMPHE DES MUSES
en faveur de la Peinture & de la Sculpture.

SONNET.

FILLES de Jupiter qui regnez ſur Parnaſſe,
Vous qui pouvez charmer & les Dieux & les Rois,
En ce jour de triomphe, où l'infortune paſſe,
Venez meſler vos Luts, à vos ſçavantes voix.

Voicy deux de vos Sœurs, qu'une étrange diſgrace
Eſloigna ſi long-temps de l'ombre de vos bois :
Notre Apollon vainqueur comme le Dieu de Thrace,
Enfin a combatu pour la derniere fois.

Deux monſtres inhumains, l'Ignorance & l'Envie,
Ont traverſé le cours de leur illuſtre vie,
Mais ces monſtres vaincus s'en revont aux enfers.

Chantez, Muſes, chantez une hymne de victoire ;
Je les voy tous honteux, je les voy dans les fers ;
Et je revoy vos Sœurs rayonnantes de gloire.

SCUDERY.

TABLE
DES TITRES

De l'Académie Royale de Peinture & de Sculpture.

ARreſt du Conſeil d'Etat du 20. Janvier 1648. portant défenſes aux Maîtres Peintres & Sculpteurs de donner aucuns troubles ou empêchemens aux Peintres & Sculpteurs de l'Academie, à peine de 2000. livres d'amende page 3

Premiers Statuts & Reglemens de l'Academie du mois de Fevrier 1648. 7

Lettres Patentes, portant confirmation des premiers Statuts & Reglemens cy-deſſus. 13

Arreſt du Parlement du 7. Juin 1652. portant enregiſtrement des Lettres Patentes du Roy, & des premiers Statuts & Reglemens. 17

Arreſt du Conſeil d'Etat du 19. Mars 1648. portant main-levée d'une ſaiſie faite ſur

ã

l'Ordonnance du Lieutenant Civil , & qui évoque toutes les causes de l'Academie au Conseil de Sa Majesté.   20

Articles pour la jonction de l'Academie Royale avec la Maîtrise, du 7. Juin 1651.   23

Transaction faite en consequence desdits Articles cy-dessus , du 4. Aoust 1651.   27

Brevet du Roy en faveur de l'Academie Royale de Peinture & de Sculpture ; portant don d'un logement , & de 1000. liv. de pension , du 28. Decembre 1654.   31

Articles que le Roy veut être augmentez, & ajoûtez, aux premiers Statuts & Reglemens de l'Academie Royale de Peinture & de Sculpture , du 24. Decembre 1654.   35

Lettres Patentes du Roy du mois de Janvier 1655, portant confirmation du Logement , & de 1000. liv. de pension, accordé à l'Academie, avec permission à l'Académie de choisir telles personnes que bon luy semblera, de la plus haute qualité & condition du Royaume, pour sa protection & vice-protection, avec l'agré-

ment par Sa Majesté du Cardinal Mazarin nommé Protecteur. 43

Arrest du Parlement pour la verification du Brevet du 28. Decembre 1654 , & Lettres Patentes du mois de Janvier 1655. 49

Brevet du Roy du 6. May 1656. en faveur de l'Academie, portant permission d'occuper dans les Galleries du Louvre, le logement du sieur Sarasin Sculpteur. 51

Contrat d'acquisition des accommodemens du logement du sieur Sarasin. 53

Brevet du Roy du 26. Mars 1657. portant don à l'Academie du grand Attelier qu'occupoit le Sieur du Bourg Tapissier. 55

Arrest du Conseil d'Etat du 24. Novembre 1662, contre certains étudians qui avoient entrepris de tenir une Academie & poser un modele. 58

Arrest du Conseil d'Etat du 8. Fevrier 1663 , portant injonction à tous les Peintres du Roy de s'unir à l'Academie, avec deffenses à ceux qui n'en sont pas de prendre la qualité de Peintre & de Sculpteur de Sa Majesté. 60

Etat de la dépense que le Roy veut & entend

être faite par chacun an pour l'entretennement de l'Academie Royale de Peinture &
de Sculpture 63

Lettres Patentes du Roy du mois de Decembre
1663. portant confirmation des nouveaux Statuts & Reglemens de l'Academie, que Sa
Majesté met sous la protection de M. le Chancelier Seguier, & vice-protection de M. Colbert, avec donation de 4000. liv. de pension,
& confirmation de tous les Privileges accordez
ci-devant à ladite Academie 65

Derniers Statuts & Reglemens de l'Academie
Royale de Peinture & de Sculpture, du 24.
Decembre 1663. 71

Arrest du Parlement du 14. May 1664. pour l'enregistrement des susdites Lettres Patentes &
des derniers Statuts & Reglemens. 82

Arrest du Parlement du 22. Février 1668. portant défenses à toutes personnes de prendre la
qualité de Peintre du Roy. 87

Arrest du Conseil du 21. Juin 1676. portant défenses de copier & mouler les Ouvrages des
Sculpteurs de l'Academie Royale 89

Lettres Patentes du mois de Novembre 1676. pour l'établissement des Ecoles Académiques de Peinture & de Sculpture dans toutes les Villes du Royaume où elles seront jugées necessaires, dont M. Colbert sera le Chef & le Protecteur, avec le Reglement pour l'établissement desdites Ecoles.   91

Lettres Patentes du mois de Novembre 1676. registrées au Parlement le 22. Decembre suivant, pour la jonction de l'Academie Royale de Peinture & de Sculpture de France, avec l'Academie du Dessein de Rome, & les Articles pour ladite jonction.   99

Arrest du Conseil d'Etat du 17. Avril 1703. portant que les sieurs Audran, Picart le Romain & Giffart Graveurs, qui sont de l'Académie, pourront faire imprimer leurs Planches chez eux, ou par qui bon leur semblera, avec deffenses aux Jurez de la Communauté des Maîtres Imprimeurs en Taille-douce de les troubler, ni d'entreprendre de faire aucune visite chez lesdits Audran, Picart le Romain & Giffart Graveurs de l'Académie, à peine de 100. livres d'amende, & de tous dépens, dommages & interests. 107

Arrest du Conseil d'Estat du 12. Janvier 1706. qui décharge les Peintres & Sculpteurs de l'Ecole Académique de Bourdeaux, & tous autres Académiciens de Peinture & Sculpture établis dans les Provinces du Royaume, du payement des sommes pour lesquelles ils ont été compris dans les Rôles de répartition de celles que les Peintres & Sculpteurs desdites Provinces doivent payer, avec deffenses de les poursuivre pour raison de ce. 115

Arrest du Conseil d'Estat du 28. Juin 1714. portant Privilege à l'Académie Royale de Peinture & de Sculpture, & aux Académiciens, de faire imprimer & graver leurs Ouvrages; avec deffenses à tous Imprimeurs, Graveurs ou autres personnes, excepté celuy qui aura esté choisi par ladite Academie, de les imprimer, graver ou contrefaire, à peine de trois mille livres d'amende, &c. 118

Fin de la Table.

ARREST

DU CONSEIL D'ESTAT

DU ROY,

Du 10 Janvier 1648.

Portant défenses aux Maîtres Jurez Peintres
& Sculpteurs, de donner aucun trouble ou
empêchement aux Peintres & Sculpteurs de
l'Academie, en quelque sorte & maniere que
ce soit, à peine de deux mille livres d'amende.

Ur la Requête presentée au Roy en
son Conseil, Sa Majesté y étant, la
Reine Regente sa Mere presente, par
les Peintres & Sculpteurs de l'Acadé-
mie, signez au pied de ladite Requête y attachée;
Contenant qu'il s'est glissé un abus parmi ceux de

A ij

cette profeſſion, par l'ignorance & la baſſeſſe du plus grand nombre, qui a prévalu ſur les remontrances des plus capables, pour réduire en Maîtriſe des Arts qui doivent être exercez noblement, & donner aux Doreurs, Etoffeurs & Marbriers la qualité de Peintres & Sculpteurs, dont ils ſe ſervent abuſivement, pour donner tous les jours, ſous prétexte de leur Maîtriſe, des troubles & empêchemens à ceux qui avec plus d'honneur & de capacité profeſſent ces Arts liberaux, juſques à vouloir limiter le nombre des Peintres & Sculpteurs de Sa Majeſté & de la Reine Regente, & les obliger avec les autres excellens Hommes de ladite profeſſion, tant François qu'Etrangers, qui ſont ou qui ſeront à l'avenir habituez & reçûs par l'Académie, de ſe faire paſſer Maîtres à Paris ou de travailler ſous des Broyeurs de couleurs ou ſous des Poliſſeurs de marbre qui ſe ſont faits recevoir Maîtres pour de l'argent: Et d'autant qu'aujourd'huy la Peinture & la Sculpture ſont à un éminent degré de perfection, & fleuriſſent dans Paris avec autant d'éclat qu'en aucun lieu de l'Europe; & que beaucoup deſdits Maîtres qui ont été reçûs dès leur bas âge, ou qui ont été contraints, pour éviter les chicanes & perſecutions des autres Maîtres, ſe ſont à preſent rangez du côté des Supplians, & ſequeſtrez dudit Corps de métier: Requerent leſdits Supplians qu'il plaiſe à Sa Majeſté les remettre en l'honneur que ces Arts meritent, & faire tres-expreſſes inhibitions & défenſes auſdits Maîtres, foy qualifians Peintres & Sculpteurs, de donner aucun trouble ny empêchement aux Peintres & Sculpteurs de l'Académie en l'exercice defdits Arts, foit par vifite, confifcation de leurs ouvrages, ou les voulant obliger à fe faire paffer Maîtres, ni autrement, en quelque façon & maniere que ce foit, à peine de deux mille livres d'amende ; & ordonner que fans aucuns frais de reception, ceux qui feront jugez par l'Académie dignes & capables, les pourront exercer par tout le Royaume, & entreprendre toutes fortes d'ouvrages de Peinture & de Sculpture. Le Roy estant en son Conseil, la Reine Regente fa mere prefente, a fait & fait tres-expreffes inhibitions & défenfes aux Maîtres & Jurez Peintres & Sculpteurs, de donner aucun trouble ou empêchement aufdits Peintres & Sculpteurs de l'Académie, foit par vifites, faifies de leurs ouvrages, confifcations, ou les voulant obliger de fe faire paffer Maîtres, ny autrement ; en quelque forte & maniere que ce foit, à peine de deux mille livres d'amende : Et afin que ces Arts puiffent être exercez plus noblement & avec plus de liberté, Sa Majesté a ordonné et ordonne, que tous Peintres & Sculpteurs, tant François qu'Etrangers : comme auffi ceux qui ont été reçûs Maîtres, & qui fe font volontairement départis, ou fe voudront à l'avenir fequeftrer dudit Corps de métier, feront admis à ladite Académie fans aucuns frais, s'ils en font jugez capables par les douze plus anciens d'icelle. Et fait défenses sur semblables peines ausdits Peintres & Sculpteurs de l'Académie, de donner aucun trouble ni empêchement ausdits Maîtres & Jurez Peintres & Sculpteurs. Fait au Conseil d'Etat du Roy, Sa Majesté y étant tenu à Paris le vingt-septiéme de Janvier 1648.

Signé, PHELYPEAUX.

LOUIS par la grace de Dieu Roy de France & de Navarre : Au premier Huissier ou Sergent sur ce requis. Nous te mandons & commandons, par ces Presentes signées de notre main, que l'Arrest ce jourd'huy donné en notre Conseil d'Etat, Nous y étant, la Reine Regente notre tres-honorée Dame & Mere presente, dont l'Extrait est ci-attaché sous le contrescel de notre Chancellerie, tu aye à signifier à tous ceux qu'il appartiendra, & à faire pour l'entiere execution d'iceluy tous autres actes & autres exploits à ce necessaires, sans pour ce demander aucun congé Visa ni pareatis : CAR tel est notre plaisir. Donné à Paris le 27, jour du mois de Janvier l'an de grace 1648, & de notre Regne le cinquiéme. *Signé*, LOUIS. *Et plus bas*, Par le Roy, la Reine Regente sa mere presente, PHELYPEAUX. *Et scellé du grand Sceau de cire jaune.*

STATUTS ET REGLEMENS
de l'Académie Royale de Peinture
& de Sculpture.

I.

LE lieu où l'Assemblée se fera étant dedié à la Vertu, doit être en singuliere veneration tant à ceux qui la composent, qu'aux personnes curieuses qui y seront par eux introduites, & à la Jeunesse qui n'étant point du Corps de l'Académie y sera receuë pour y venir dessigner & étudier; partant ceux qui blasphémeront le saint Nom de Dieu, ou qui parleront de la Religion & des choses saintes, par dérision, par invectives, ou qui profereront des paroles impies, seront bannis de ladite Académie, & déchûs de la grace qu'il a plû à Sa Majesté luy accorder.

II.

L'on parlera dans ladite Académie des Arts de Peinture & de Sculpture seulement, & de leurs dépendances, sans qu'on y puisse traiter d'aucune autre matiere.

III.

Il ne s'y proposera de faire aucuns festins ni banquets, soit pour la reception de ceux qui seront jugez dignes d'être du Corps de l'Académie, ou pour quelqu'autre prétexte que ce puiſſe être ; au contraire , l'yvrognerie , la débauche & le jeu en feront rigoureuſement bannis , & l'argent qui ſe recevra des amendes pecuniaires , auſquelles feront condamnez ceux qui contreviendront aux preſens Statuts & Reglemens , ſera mis entre les mains d'un Bourgeois ou Banquier , par l'Ancien qui ſera en charge à la fin de ſon mois , pour n'être employé qu'aux affaires de l'Académie , & à la décoration du lieu où elle ſe tiendra.

I V.

L'Académie ſera ouverte tous les jours de la ſemaine , excepté les Dimanches & les Fêtes qui font dédiez à la devotion ; en hyver depuis trois heures après midy juſqu'à cinq , & en Eté depuis ſix heures auſſi après midy juſqu'à huit , dans laquelle la Jeuneſſe & les Etudians feront réçûs pour deſſigner & profiter des leçons qui ſe feront , en payant toutes les ſemaines ce qui ſe donne ordinairement pour entretenir le modéle , qui ſera mis en attitude par l'Ancien qui ſera en mois , & lorſqu'il plaira à Sa Majeſté en faire les frais à l'inſtar de celle du Grand Duc de Florence , chacun y pourra deſſigner ſans rien payer.

V.

Les Anciens , au nombre de douze , s'aſſembleront tous les premiers Samedis du mois , à l'heure de l'Académie , pour déliberer avec le Chef , qui pré-

ſidera

fidera & vuidera le partage des voix , des affaires
de la Communauté, tant efdits jours qu'aux Affemblées extraordinaires , foit pour le jugement
des contraventions qui feront faites aux prefens
Statuts, que pour la reception de ceux qui fe prefenteront , ou pour autre occurrence, aufquelles
déliberations les autres Peintres & Sculpteurs de
l'Académie feront prefens , fi bon leur femble ; &
fi quelqu'un des douze Anciens étoit abfent , le
plus ancien des autres qui feront prefens prendra
la place après le dernier des Anciens ; s'il en manque plus grand nombre, la même chofe fera obfer-
vée ; & dans lefdites Affemblées les propofitions
feront faites par le Syndic qui fera en mois par la
permiffion du Chef de l'Académie , & de l'Ancien
qui fera en mois. Lorfqu'un defdits Anciens viendra à manquer , foit par mort ou par une longue
abfence , les autres nommeront un des autres Académiftes en fa place , & feront chacun leur billet ,
afin d'y proceder fincerement & fans crainte de
defobliger perfonne, ce qui fe fera de bonne foy ,
fans brigue , cabale , ni paffion particuliere , tant
en cette rencontre qu'en toutes les autres où il fau-
dra prendre quelque réfolution.

V I.

Les nouveaux receus dans l'Académie fuivront
le dernier des autres.

V I I.

Les Syndics ferviront alternativement , felon

qu'ils feront départis au commencement de l'année ; avertiront par billets ceux de l'Académie lors
qu'il fera neceffaire ; vacqueront aux affaires , &
lors qu'ils auront un empêchement legitime , ils
mettront un de leurs Confreres en leur place , autrement ils payeront la fomme de dix livres entre
les mains de l'Ancien pour la premiere fois , le
double pour la feconde ; & la troifiéme ils feront
déchûs des Priviléges de l'Académie , & ne feront
plus cenfez du Corps d'icelle.

VIII.

L'Ancien qui fera en mois fera puni de la même peine s'il manque à fe trouver pour faire l'ouverture de l'Académie, pofer le modéle & faire les
autres fonctions de fa Charge , ou prier un des autres Anciens de s'y trouver en fa place ; ce qui
n'empêchera pas qu'il ne répare fon abfence en s'y
trouvant le mois fuivant autant de fois qu'il aura
manqué lors qu'il aura été en Charge.

IX.

Il y aura une étroite union & bonne correfpondance entre ceux de l'Académie , n'y ayant rien de
plus contraire à la vertu que l'envie, la médifance
& la difcorde ; & fi quelqu'un y étoit enclin, &
qu'il ne s'en voulût corriger après la réprimande
que l'Ancien luy en fera, l'entrée de l'Académie
luy fera deffenduë ; au contraire, ils fe communiqueront les lumieres dont ils font éclairez, n'étant

pas poſſible qu'un particulier les puiſſe toutes avoir, ni pénétrer ſans aſſiſtance dans la difficulté des Arts ſi profonds & ſi peu connus, ainſi nous les verront prendre une nouvelle vigueur, & augmenter de jour en jour; & ſi une ſaiſon plus favorable permet aux Princes d'en rechercher la beauté & y donner quelque heure de leur loiſir, il y a lieu d'eſperer qu'ils voudront encherir par-deſſus ceux de l'ancienneté, ſoit par l'eſtime qu'ils feront des excellens Hommes dont l'Académie eſt remplie, ou par les récompenſes dont ils reconnoîtront leurs ouvrages. Partant leſdits Académiſtes diront librement leurs ſentimens à ceux qui propoſeront les difficultez de l'Art pour les réſoudre, ou lorſqu'ils feront voir leurs deſſeins, tableaux ou ouvrages de relief, pour en avoir leurs avis.

X.

L'Aſſemblée pourra changer les lieux qu'elle choiſira pour tenir l'Académie en attendant qu'il plaiſe au Roy luy en donner un, & ſi elle ſe réſout d'en faire bâtir à ſes frais & dépens, il ne pourra être vendu ni aliené pour quelque cauſe & occaſion que ce ſoit.

XI.

Toutes les Déliberations ſeront écrites dans le Regiſtre de l'Académie par l'Ancien qui ſera en mois, lequel le remettra à ſon ſucceſſeur.

XII.

Toutes celles qui feront prifes dans les Affemblées generales & couchées dans les Regiftres de l'Académie pour des Reglemens particuliers, & qui ne feront point contraires aux prefens, feront de même vertu & mifes à execution fans aucun delay ni retardement.

XIII.

Les Provifions pour admettre dans le Corps de l'Académie ceux qui en feront jugez capables feront fcellées du cachet de fes armes, & fignées de l'Ancien qui fera en mois, entre les mains duquel ils prêteront le ferment de garder & obferver religieufement les Statuts & Reglemens, & ce en prefence des Académiftes, & pour tenir la main à ce que deffus, Monfieur Decharmois Confeiller d'Etat a été élû Chef de l'Académie.

Lefdits Statuts fignez le Brun, Perrier, Jacques Sarazin, de la Hire, Charles Errard, Corneille, Jufte d'Egmond, Gerard Vanoptal, Sebaftien Bourbon les Beaubruns, Guillain, L. Teftelin, H. Teftelin.

A côté eft écrit, regiftré, oüy le Procureur General du Roy, pour être le tout gardé & obfervé felon fa forme & teneur, aux charges portées par l'Arreft de ce jour. A Paris en Parlement le 7 Juin 1652. Signé, DU TILLET.

LETTRES PATENTES
de Sa Majesté.

LOUIS par la grace de Dieu Roy de France &
de Navarre : A tous prefens & à venir, Salut.
Nos chers & bien amez les Peintres & Sculpteurs
de l'Académie Royale par Nous établie de Peinture
& de Sculpture, nous ont fait dire & remontrer
qu'enfuite de l'Arreft de notre Confeil d'Etat du 20
du mois paffé donné en leur faveur, ils ont pour
obvier aux abus qui fe pourroient glifler parmi eux,
fait & réfolu des Statuts contenant treize articles,
lefquels ils nous ont très-humblement requis avoir
agréables & leur octroyer fur ce nos Lettres neceffaires. A CES CAUSES, defirant autant qu'il nous
eft poffible favorablement traiter lefdits Peintres &
Sculpteurs de l'Académie Royale, & faire obferver
lefdits Statuts cy avec ledit Arreft attachez fous le
Contre-fcel de notre Chancellerie : de l'avis de la
Reine regente notre très-honorée Dame & Mere,
nous avons iceux approuvez, homologuez & con-
firmez, & de notre certaine fcience, pleine puiffance & autorité Royale, approuvons, homolo-
guons & confirmons par ces prefentes fignées de
noftre main, voulons & nous plaît qu'ils foient
inviolablement entretenus, gardez & obfervez de
point en point felon leur forme & teneur, fans qu'il

y puiſſe être cy-après contrevenu en aucune maniere ſur les peines y contenuës & autres arbitraires ſi le cas y échet. Si donnons en mandement à notre cher & feal Chevalier Chancelier de France le ſieur Seguier Comte de Gien, que ces preſentes nos Lettres de grace, homologation & confirmation, il faſſe lire & publier en noſtre grande Chancellerie de France, le Sceau tenant, & du contenu en icelles, joüir & uſer pleinement & paiſiblement leſdits Supplians & leurs ſucceſſeurs, ceſſant & faiſant ceſſer tous troubles & empêchemens au contraire. CAR tel eſt notre plaiſir; & afin que ce ſoit choſe ferme & ſtable à toujours, nous avons fait mettre notre ſcel à ceſdites preſentes, ſauf en autres choſes notre droit & l'autruy en toutes. Donné à Paris au mois de Fevrier l'an de grace 1648. & de notre Regne le cinquiéme. Signé LOUIS, & ſur le repli; Par le Roy, la Reine Regente ſa Mere preſente, PHELIPPEAUX.

Et encore eſt écrit, leu & publié le Sceau tenant, de l'ordonnance de Monſeigneur Seguier Chevalier Chancelier de France, & regiſtré és Regiſtres de l'Audience de France, moy Conſeiller du Roy en ſes Conſeils & grand Audiencier de France, preſent. A Paris le 9. Mars 1648. Signé, COMBES.

Regiſtrées, oüy le Procureur General du Roy, pour eſtre gardées & obſervées ſelon leur forme & teneur aux charges portées par l'Arreſt de ce jour. A Paris en Parlement le 7. Juin 1652. Signé, DU TILLET.

COMMISSION.

LOUIS par la grace de Dieu Roy de France &
de Navarre, à nos amez & feaux les Gens tenans notre Cour de Parlement de Paris : SALUT.
Nous avons par nos Lettres Patentes du mois de
Février dernier cy attachées fous le Contre-fcel de
notre Chancellerie, approuvé, homologué & confirmé les Statuts & Reglemens faits & réfolus par
nos chers & bien-amez les Peintres & Sculpteurs
de l'Académie Royale par Nous établie de Peinture & Sculpture en notre bonne Ville de Paris,
enfuite de l'Arreft de notre Confeil d'Eftat du 20.
Janvier auffi dernier ; mais parce que vous pourriez
faire difficulté de proceder à l'enregiftrement de nof-
dites Lettres, fur ce que par omiffion ou autrement
elles ne vous font adreffées. A CES CAUSES, de l'avis
de la Reine notre très-honorée Dame & Mere,
nous vous mandons & ordonnons par ces prefentes
fignées de notre main, que fans vous arrêter à ladite
omiffion d'adreffe que nous ne voulons nuire ni préjudicier aufdits Supplians, vous ayez à enregiftrer
purement & fimplement lefdites Lettres Patentes,
& du contenu en icelles en ce qui dépend de vous,
les faire joüir & ufer pleinement & paifiblement,
ceffant & faifant ceffer tous troubles & empêchemens au contraire. Car tel eft noftre plaifir : DONNÉ
à Paris le   jour d   l'an de grace
mil fix cens quarante-huit. Et de noftre Regne le

cinquiéme , Signé LOUIS. Et plus bas par le Roy, la Reine regente sa Mere presente.

Signé, PHELIPPEAUX.

Regiſtrées , oüi le Procureur General du Roy , pour eſtre gardées & obſervées selon leur forme & teneur aux charges portées par l'Arreſt de ce jour. A Paris en Parlement le 7. Juin 1652. Signé, DU TILLET.

ARREST

ARREST DU PARLEMENT du 7. Juin 1652. portant enregiſtrement des Lettres Patentes du mois de Février 1648. des premieres Statuts de l'Académie, des Articles de jonction avec la maîtriſe & de la tranſaction paſſée en conſequence.

EXTRAIT DES REGISTRES de Parlement.

VEU par la Cour les Lettres Patentes du Roy données à Paris le mois de Février 1648. ſignées LOUIS. Et ſur le repli, par le Roy, la Reine regente ſa mere preſente, PHELIPPEAUX, & ſcellées du grand ſceau de cire verte en lacs de ſoye rouge & verte; par leſquelles ledit Seigneur Roy veut & entend que les Statuts paſſez par les Peintres & Sculpteurs de l'Académie Royale de Peinture & Sculpture établie en cette Ville de Paris, ſoient inviolablement gardez & obſervez de point en point ſelon leur forme & teneur, ſans qu'il y puiſſe être cy-après contrevenu en aucune ſorte & maniere, ſur les peines y contenuës, & autres arbitraires, s'il y échet. Autres Lettres Patentes du Roy données à Paris le   jour de audit an 1648. ſignées LOUIS, & ſur le reply, Par le Roy, la Reine regente ſa mere preſente, PHELIPPEAUX, ſcellées de cire jaune du grand Sceau en queuë pendante, portant adreſſe à la Cour des premieres Lettres Patentes cy-deſſus, pour y être

C

verifiées , lefdits Statuts & Reglemens attachez fous le contrefcel defdites Lettres. Arreſt de ladite Cour entre Euſtache le Sueur , Simon Guillain , Thomas Pinager & conforts , tous Peintres & Sculpteurs , demandeurs à l'enterinement & verification defdites Lettres & Statuts , & deffendeurs , d'une part : & les Maiſtres Jurez Peintres & Sculpteurs de ladite Ville , deffendeurs oppofans à la verification d'icelles Lettres , & demandeurs en Requête du dernier de Janvier 1651. à ce que nonobſtant , & fans s'arrêter à l'Arreſt du Confeil du 20. Janvier 1648. lefdits Peintres & Sculpteurs fuſſent tenus de proceder en la Cour fur l'inſtance de reglement y pendante , avec deffenfes de faire pourfuites ailleurs qu'en icelle. Ledit Arreſt du 2. Mars audit an 1651. par lequel auroit eſté ordonné , que les parties procederoient en icelle , & que les oppofans fourniroient leurs moyens d'oppofition , pour ce fait , ordonner ce que de raifon. Les articles refpectivement accordez par les parties le 7. Juin enfuivant , avec les Contrats de tranfaction & accords paſſez entre les parties fur leurs differens & oppofition cy-deſſus des 4. 5. 6. Aouſt enfuivant & autres jours. Les Requeſtes refpectivement prefentées par lefdits Maiſtres , Gardes , Jurez Peintres & Sculpteurs , d'une part ; & lefdits Peintres & Sculpteurs de ladite Académie Royale , d'autres , des 22. & 23. Janvier dernier , tendantes afin de verification , enregiſtrement & homologation , tant defdites Lettres & Statuts des Peintres de l'Aca-

démie Royale , que des Contrats & Articles paſſez
entr'eux & leſdits Maiſtres Peintres & Sculpteurs :
Concluſions du Procureur General du Roy ; tout
conſideré. LADITE COUR a ordonné & ordonne ,
Que leſdites Lettres Patentes du mois de Février
1648. Statuts & Articles accordez entres les parties ,
feront enregiſtrez au Greffe d'icelle , pour être le
tout gardé & obſervé felon ſa forme & teneur ; à
la charge toutefois que pour le contenu en l'Article 7. ce qui ſe payera pour la reception ne pourra
être taxé plus haut qu'à la ſomme de deux cens
livres , & les amendes dont il eſt fait mention és
6. & 8. Articles , reglées à la ſomme de trente livres , fans qu'elles puiſſent être augmentées. Fait
en Parlement le 7. Juin 1652. *Signé* , DU TILLET.

ARREST DU CONSEIL D'ESTAT

du 19. Mars 1648. portant main-levée d'une saisie faite sur l'Ordonnance de Monsieur le Lieutenant Civil, & évocation de toutes les causes de l'Académie au Conseil de Sa Majesté.

EXTRAIT DES REGISTRES
du Conseil d'Estat.

SUR la Requête presentée au Roy estant en son Conseil par l'Académie Royale de Peinture & Sculpture, qu'au préjudice de l'Arrest du Conseil du 20. Janvier dernier, des Statuts & Lettres Patentes dudit mois, portant confirmation d'iceux, par lesquels Sa Majesté a separé ceux de l'Académie du Corps de mêtier : Neanmoins le Procureur du Roy au Châtelet de Paris auroit en vertu de l'Ordonnance du Lieutenant Civil fait donner assignation à plusieurs Peintres de ladite Académie à comparoir pour répondre aux Conclusions du Procureur du Roy, au rapport qui sera fait du Commissaire Bannelier, & outre en vertu de ladite Ordonnance auroit saisi les Tableaux qui auroient été trouvez chez lesdits Académistes, ce qui est une contravention manifeste audit Arrest du Conseil & Lettres Patentes, & trouble l'établissement fait de ladite Académie par Sa Majesté pour accroître le nombre des excellens Hommes de cette profession, & les faire joüir des

priviléges , franchifes & libertez qui font annexez
aux Arts liberaux, Requerant lefdits Supplians qu'il
plaife à Sa Majefté leur vouloir fur ce pourvoir ;
veu l'Arreft dudit Confeil du 20. Janvier ; les Statuts & Reglemens faits par lefdits Supplians &
Lettres Patentes portant autorifation d'iceux du
prefent mois de Février , LE ROY ESTANT EN
SON CONSEIL , la Reine regente fa mere prefente , a caffé & annulé lefdites Ordonnances &
faifies faites fur lefdits Supplians , & fait très-
expreffes inhibitions & deffenfes audit Lieutenant
Civil & à tous autres Juges de les troubler ny
inquieter en aucune façon & maniere que ce foit ,
évoquant Sa Majefté à Elle , & à fon Confeil , la
connoiffance de tous les procez & differends mûs
& à mouvoir concernant la fonction , ouvrage &
exercice defdits Supplians , en interdifant à ces
fins la connoiffance à tous Juges quelconques :
Fait au Confeil d'Eftat du Roy , Sa Majefté y
étant , la Reine regente fa Mere prefente : tenu à
Paris le 19. jour de Mars 1648. *Signé* , PHELIPPEAUX.

LOUIS par la grace de Dieu Roy de France
& de Navarre : Au premier notre Huiffier
ou Sergent fur ce requis. Salut , Nous de l'avis de
la Reine regente notre très-honorée Dame &
Mere , te commandons par ces prefentes fignées
de notre main , que l'Arreft de noftre Confeil
d'Etat dont l'extrait eft cy attaché fous le contre-
fcel de notre Chancellerie , tu fignifie à notre

Procureur au Châtelet de Paris, & à tous autres quelconques qu'il appartiendra, à ce qu'il n'en prétende cause d'ignorance, & ayent à y defferer & obéïr, leur faisant les deffenses y contenuës, de ce faire & tous autres exploits requis & neceffaires pour l'execution dudit Arreft, te donnons pouvoir, commiffion & mandement fpecial fans demander autre permiffion : Car tel eft notre plaifir. Donné à Paris le 19. Mars l'an de grace 1648. de notre Regne le cinq. Signé, LOUIS. Et plus bas par le Roy, la Reine regente fa mere prefente, PHELIPPEAUX, & fcellé du grand Sceau de cire jaune.

ARTICLES POUR LA JONCTION
de l'Académie Royale avec la Maîtrise, du septiéme Juin 1651. & Tranſaction faite en conſequence deſdits Articles le quatriéme Aouſt ſuivant.

L'Académie Royale de Peinture & de Sculpture n'ayant été établie que pour relever les plus beaux de tous les Arts, ſans aucun deſſein de préjudicier en quoy que ce puiſſe être au Corps de la Maîtriſe, ni aux particuliers, elle a dreſſé ces Articles, ſuivant qu'ils ont été recüeillis de ceux qui ont été donnez par les Députez du Corps, & mis en la meilleure forme qu'elle a pû, pour conſerver l'Académie en ſon luſtre par la jonction des deux Corps, ſans bleſſer les priviléges de l'un ni de l'autre : & ſi l'on y peut ajoûter quelque choſe, Meſſieurs les Maîtres ſont priez de s'y employer & de donner tout pouvoir à deux de leurs Députez de traiter en preſence des autres avec pareil nombre de ceux de ladite Académie, pour éviter à confuſion.

Article I.

Qu'il n'y aura qu'un ſeul lieu où l'Académie ſe tiendra à frais communs, & où les Aſſemblées ſe feront des deux Corps, leſquels ſeront unis ſous le nom d'Académie Royale : en ſorte que les Académiſtes joüiſſent des priviléges des Maîtres, & les Maîtres joüiſſent de ceux de l'Académie, les deux

Corps se soutenant l'un l'autre contre les troubles qu'on leur pourroit susciter.

II.

Que les Académistes & les anciens Maîtres qui auront passé par les Charges, se pourront trouver aux Assemblées, si bon leur semble, & y auront voix déliberative.

III.

Que tous les enfans des Maîtres & des Académistes pourront dessigner à ladite Académie sans rien payer.

IV.

Que quand on fera l'élection des douze Anciens, l'on élira indifferemment des deux Corps unis, sans avoir égard de quel Corps il soit, pourvû que ceux dudit Corps des Maîtres ayent passé en toutes les Charges des Maîtres de Confrairie & Gardes.

V.

Que les Anciens sortant de Charge auront le même honneur, suffrage & même voix déliberative qu'auparavant d'en sortir.

VI.

Que les Académistes ne seront sujets à aucune Visite : mais s'ils tomboient en quelque faute par des ouvrages scandaleux ou deshonnêtes qu'on puisse prouver, ils payeront la somme de trente livres, & les ouvrages seront biffez pour la premiere fois, & pour la seconde, ils payeront aussi amende arbitraire.

VII.

Lorsqu'un Aspirant se presentera pour être reçû,

les

les Académiſtes & les Maîtres aſſemblez ſelon leur forme ordinaire, jugeront conjointement s'il doit être reçû Maître ou Académiſte, & ce qu'il devra payer pour l'ornement de l'Academie & pour les frais de ſon entretien & affaires communes; & outre ce, s'il eſt Peintre, il donnera un Tableau, ou un ouvrage de Sculpture, s'il eſt Sculpteur; & ceux qui ſont de preſent Académiſtes feront de même.

VIII.

Que tous ceux dudit Corps qui feront des deſſeins pour les graver, ou pour graver eux-mêmes, feront obligez de les faire voir à l'Académie avant que de les mettre au jour, pour y être mis le *Viſa*, & feront obligez de fournir à l'Académie telle quantité d'Exemplaires qu'il ſera jugé convenable, afin que l'on ne mette rien en public de deshonnête; & en cas de manquement, il y aura amende arbitraire.

IX.

Que tous les Apprentifs ou Eleves deſdits Corps, tant dès-à-preſent qu'à l'avenir, feront obligez d'être enregiſtrez au Livre de ladite Jonction, & pour cet effet apporteront un écu d'or chacun pour l'entretien de ladite Académie; & cela pour éviter l'abus : & à faute de ce faire feront déchûs deſdits privileges, auſquels ils parviendroient; & ce ſera les parens deſdits Apprentifs, & non les Maîtres, qui payeront ledit écu d'or.

X.

Que tout ce qui ſe reſoudra en la Chambre de la Jonction tous les premiers Samedis des mois, ſera executé, pourvû que l'on soit au nombre de vingt, que rien ne sera proposé contre les Statuts; & qu'un Corps ne déliberera rien au préjudice de l'autre.

XI.

Que les deniers de la bourse de la Jonction seront maniez par un Peintre & un Sculpteur, qui seront nommez par lesdits deux Corps, dont ils tiendront compte tous les mois, & seront changez tous les ans.

XII.

Que les presens Articles & les Patentes de l'Académie seront verifiez en Parlement à frais communs, à compter de ce jour, comme pareillement les frais des affaires & procès qui sont communs par le Corps des Maîtres seront payez par le Corps des Maîtres, & les frais qui en seront faits à l'avenir seront payez en commun.

Fait & arrêté en la Chambre de la Communauté le septiéme jour de Juin 1651. Signé, Biard, Augustin, Quesnel, L. Vignon, Berthe, Patele, Bourdin, Baugin, Nicolas Vion, Falot Eudon, Adam Baissart, T. Chenu, R. Melot, T. Quenel, Berengé, F. Bellin, C. Joltrain, A. Herault, Marlin, A. de Terine, J. du Chemin, J. Berthe, Ludonneau, Bassange, Henry le Grand, Poerson, Guignard, Boucher, J. Cotelle, Baccot, G. Voitrin, Guyot, Cheneau, & Nicolas Charpentier.

PArdevant les Notaires & Gardenotes du Roy
en fon Châtelet de Paris, fouffignez ; Furent
prefens honorables hommes Auguftin Quefnel
Maître Peintre à Paris, Nicolas Vion Maître Sculpteur audit Paris, y demeurans ; fçavoir, ledit
Quefnel ruë Bethify ; & ledit Vion fur la defcente
du Pont-Marie, Jurez & Gardes de la Communauté des Maîtres de l'Art de Peinture & Sculpture ;
honorables hommes Claude Vignon, Jean Bertrand,
Charles Joltrain & Charles Poerfon, tous anciens
Maîtres Sculpteurs & Peintres à Paris, y demeurans ;
fçavoir, ledit Vignon ruë Saint Antoine Paroiffe S.
Paul, ledit Bertrand ruë neuve S. Loüis derriere les
Minimes ; ledit Joltrain ruë Montorgüeil Paroiffe
S. Sauveur, & ledit Poerfon ruë S Martin Paroiffe
S Nicolas, tant en leurs noms, que fe faifant &
portant forts de Michel Bourdin Sculpteur & Pierre
Patelle Peintre, auffi Jurez & Gardes dudit Art ;
aufquels lefdits fieurs Comparans promettent foli-
dairement faire ratifier ces Prefentes toutefois &
quantes qu'ils en feront requis, d'une part ; & nobles
hommes Sebaftien Bourdon, Charles Errard & Loüis
Teftelin, tous Peintres du Roy en fon Académie
Royale, demeurans ; fçavoir, lefdits Bourdon &
Teftelin fur le Quay regardant la Megifferie, & ledit Errard aux Galleries du Louvre, auffi tant en
leurs noms, que fe faifant forts des autres Peintres
& Sculpteurs de ladite Académie Royale, aufquels
ils promettent pareillement & folidairement faire
ratifier lefdites Prefentes toutefois & quantes qu'ils

en feront requis, d'autre part; lefquelles Parties
efdits noms, pour terminer & compofer des differends qui font entre elles pendans au Parlement fur
le fujet des Lettres Patentes adreffantes à ladite
Cour, portant l'Etabliffement de ladite Académie
Royale, & de l'oppofition formée par lefdits Maîtres
Peintres & Sculpteurs à l'homologation d'icelles,
ont arrêté les Articles ci-devant écrits: Et d'autant
que dans la lecture d'iceux, il s'eft trouvé quelque
obfcurité ès premier, huit & douze defdits Articles,
ils font demeurez d'accord interpretant iceux; fçavoir le premier, que lefdits Maîtres conferveront
leurs Priviléges, & pareillement lefdits Académiftes,
ceux qui leur font accordez par l'Arreft du Confeil
du 20 Janvier 1648 & par lefdites Lettres Patentes
du mois de Février enfuivant en la même année;
comme auffi les Maîtres qui feront reçûs Académiftes,
joüiront des Priviléges de ladite Académie. Le hui-
tiéme, que le nombre des Eftampes y mentionnées
fera réduit à deux; & le douziéme & dernier, que
les frais qui fe feront à l'avenir par la déliberation
defdits deux Corps, & procès & affaires communes
aufdits Maîtres & Académiftes, feront débourfez en
commun, & feront régalez fur chaque particulier
defdits deux Corps; & au moyen de ce que deffus,
lefdits Maîtres Peintres & Sculpteurs efdits noms,
ont dès-à-prefent donné aufdits Académiftes pleine
& entiere main-levée de l'oppofition par eux formée
à l'homologation defdites Lettres Patentes de l'Académie Royale, & confentent qu'elles foient homolo-

guées par tout où befoin fera, fauf aufdits Maîtres
à faire homologuer lefdits prefens Articles, aprés
que lefdites Lettres Patentes auront été homolo-
guées; & pour l'execution des Prefentes, ont lefdites Parties élû leur domicile irrévocable; fçavoir,
lefdits Maîtres en la maifon dudit fieur Quefnel fufdite ruë Bethify Paroiffe S. Germain l'Auxerrois, &
lefdits Académiftes en la maifon dudit fieur Errard
efdites Galleries du Louvre, aufquels lieux ils veulent, confentent & accordent, que tous Exploits &
autres Actes de Juftice qui y feront faits, foient va-
lables, comme faits parlant à leurs perfonnes, nonobftant, &c. Promettant, &c. Obligeant chacun
en droit foy efdits noms folidairement comme deffus.
Renonçant, &c. Fait & paffé à Paris en la maifon de
Monfieur Me Charles Hervé Confeiller en ladite Cour
de Parlement en l'Ifle Notre-Dame, le quatriéme jour
d'Aouft aprés midy, l'an 1651. & ont lefdits fieurs
Quefnel, Vion, Vignon, Bourdon, Errard, Bertrand, Teftelin, Poerfon & Joltrain, figné avec lefdits Notaires fouffignez la minutte des Prefentes
demeurée à Goguis, l'un d'iceux. Signé, Rillard &
Goguis.

Et enfuite eft la Ratification du Contrat ci-deffus
faite par les fieurs Bourdin & Patelle dénommez audit Contrat, le même jour.

Plus, pareille Ratification faite par les fieurs
Charles Beaubrun, Euftache le Sueur, Henry Tefte-
lin, Jacques le Bicheur, Gerard Goffin, Gilbert Seve,
Samuël Bernard, Thomas Pinagier, Matthieu la

Montagne, Michel Corneille, Jufte d'Egmont, Gerard Vanopftal, François Tortebat, Loüis du Guernier, Simon Guillain & Gilles Guerin, en prefence de Monfieur de Charmois, en datte du cinquiéme Aouft audit an.

Autre Ratification d'un grand nombre de Maîtres du fixiéme dudit mois & an.

Autre Ratification de plufieurs Maîtres du trente-un defdits mois & an.

Et la déclaration dudit fieur de Charmois, qu'il n'entend fe fervir de la qualité de Chef de l'Académie pour s'immifcer aux affaires des Maîtres, ni fe dire leur Chef, en datte du vingt-neuviéme dudit mois d'Aouft audit an.

Et à côté eft écrit : *Regiftré, oüy le Procureur General du Roy, pour être le tout gardé & obfervé felon fa forme & teneur aux charges portées par l'Arreft de ce jour. A Paris en Parlement le feptiéme Juin 1652.*

BREVET DU ROY EN FAVEUR
de l'Académie Royale de Peinture & de Sculpture: Portant Don d'un Logement & de mille livres de Penſion, du 28. Decembre 1654.

AUjourd'hui vingt-huitiéme jour de Decembre 1654. le Roy étant à Saint Germain en Laye, reconnoiſſant que l'Académie Royale de Peinture & de Sculpture, que Sa Majeſté a ci-devant établie en ſa bonne Ville de Paris, a tellement réüſſi ſelon ſon deſir, que ces deux Arts que l'ignorance avoit preſque confondus avec les moindres Mêtiers, ſont maintenant plus floriſſans en France, par le grand nombre qui s'y trouve de rares & excellens Hommes de cette Profeſſion, qu'en tout le reſte de l'Europe; & ſçachant qu'il n'y a point de plus forte conſideration pour faire aimer & embraſſer cette noble vertu, qui eſt un des plus riches ornemens d'un Etat, que l'amour & l'inclination qu'y porte le Souverain; Sa Majeſté qui en a une toute particuliere pour la Peinture & Sculpture, a réſolu de continuer à en donner des marques à ladite Académie dans toutes les occaſions qui ſe pourront offrir; & cependant de luy pourvoir tant d'un lieu neceſſaire pour faire ſes exercices avec plus d'honneur, que d'un fonds par chacun an pour la dépenſe ordinaire d'icelle, même de gratifier ceux dont elle eſt & ſera ci-aprés compo-ſée, de quelque témoignage honorable de ſa bienveil-

lance; Sadite Majefté, en attendant que la neceffité de
fes affaires luy permette de faire bâtir un lieu plus
commode pour tenir ladite Académie, a deftiné pour
cet effet la Gallerie du College Royal de l'Univerfité
de ladite Ville de Paris, où Elle entend que les Affemblées, Leçons, & autres exercices publics & particuliers de ladite Académie, fe faffent dorénavant fuivant les Statuts d'icelle, tant anciens que nouveaux,
leur permettant à cette fin de faire faire dans ladite
Gallerie telles cloifons & retranchemens qui feront
eftimez neceffaires pour la décence & commodité des
lieux. Et pour donner moyen à ladite Académie d'entretenir tant les modéles naturels qui fe mettent en
attitude pour faire les Leçons du deffein, que les Maîtres qui feront appellez pour montrer la Geometrie,
Mathematiques, Architecture, Perfpective, & Anatomie; Sadite Majefté a liberalement donné & accordé, donne & accorde à ladite Académie la fomme de
mille livres par chacun an, dont fera fait fonds dans
l'état des gages des Officiers de fes Bâtimens & payée
fuivant les ordonnances des Surintendant & Intendant d'iceux, au Tréforier de ladite Académie. Sadite
Majefté, pour d'autant plus gratifier & favorablement
traiter ladite Académie, & donner fujet à ceux qui la
compofent de vacquer à leurs fonctions avec toute
l'affection & affiduité poffible, les a déchargez & décharge à prefent & à l'avenir, de toutes tutelles & curatelles, & de tout guet & garde, jufqu'au nombre de
trente; fçavoir, le Directeur, les quatre Recteurs, les
douze Profeffeurs, le Tréforier, le Secretaire, & les

onze

onze de ladite Académie qui rempliront les premiers
lesdites places à mesure que ceux qui les occupent à
present seront changez : & leur a accordé & accorde à
chacun d'eux, le Committimus de toutes les Causes
personnelles, possessoires, & hypotequaires, tant en
demandant qu'en deffendant, pardevant les Maîtres
des Requêtes ordinaires de son Hôtel, ou aux Requêtes du Palais à Paris, à leur choix, tout ainsi qu'en
joüiffent ceux de l'Académie Françoise & les Officiers
Commenfeaux de fa Maifon. Et afin de rendre ladite
Académie d'autant plus floriffante, introduire les
belles manieres defdits Arts, & en bannir les mau-
vaifes que quelques ignorans y exercent, Sa Majefté
veut & entend que dorénavant il ne foit pofé aucun
modéle, fait montre, ni donné Leçon en public, touchant le fait de Peinture & de Sculpture qu'en ladite
Académie Royale : & deffend à tous Peintres & Sculpteurs quels qu'ils foient, de s'ingerer d'en faire faire
aucun étude public en leurs maifons & atteliers fous
quelque prétexte que ce puiffe être; permis feulement
à eux, pour leur travail & inftruction particuliere,
d'en faire tel étude que bon leur femblera : Et d'autant
que jufques icy l'infuffifance s'eft d'autant plus facile-
ment introduite & perpetuée dans lefdits Arts de
Peinture & de Sculpture, que toutes fortes de perfonnes indifferemment y ont été reçües pour de l'argent, au moyen des Lettres de Maîtrife que les Rois
ont coûtume de donner tant à leur avenement à la
Couronne, Sacre & Mariage, qu'à la naiffance de leurs
Enfans, defquelles Lettres de Maîtrife, plufieurs Arts

E

& Métiers de beaucoup moindre confideration, ont
été exceptez en divers temps, nommément les Apo-
ticaires, Chirurgiens, Orfévres, Maîtres des Mon-
noyes, Bonnetiers, Pelletiers, Ecrivains, Marchands
Merciers, Maréchaux & autres; Sadite Majefté, pour
procurer le plus grand luftre & pureté defdits Arts de
Peinture & Sculpture, & empêcher que perfonne n'y
puiffe être admis à l'avenir que par la feule capacité &
fuffifance, les a exceptez de toutes lefdites Lettres de
Maîtrife. Veut & entend que dorénavant ils ne foient
compris dans les dons qu'elle en pourra faire ci-après:
& qu'en cas que par furprife ou autrement, il en foit
expedié aucunes, qu'on n'y ait aucun égard. Mande
Sa Majefté aux Surintendant & Intendant de fes Bâtimens, Arts & Manufactures, de mettre ladite Académie Royale en poffeffion de ladite Gallerie du College Royal, & de l'en faire joüir, enfemble defdites
mille livres par an, tant & fi longuement qu'il luy
plaira, en vertu du prefent Brevet, pour l'entiere
execution duquel Elle veut que toutes Lettres Patentes, Arrefts, & autres expeditions neceffaires foient
délivrées: l'ayant pour cet effet figné de fa main, &
fait contre-figner par moy fon Confeiller-Secretaire
d'Etat & de fes Commandemens. *Signé*, LOUIS.
Et plus bas, PHELIPPEAUX.

*Et à côté eft écrit: Regiftrées, oü le Procureur General
du Roy, pour eftre executées felon fa forme & teneur, aux
charges & conditions portées par l'Arreft de ce jour. A Paris
en Parlement le 23. Juin 1655. Signé*, DU TILLET.

ARTICLES QUE LE ROT

veut être augmentez, & ajoûtez aux premiers Statuts & Reglemens de l'Académie Royale de Peinture & de Sculpture, ci-devant établie par Sa Majesté en sa bonne Ville de Paris.

ARTICLE I.

QU'à l'exemple de l'Académie de Peinture & de Sculpture, dite de S. Luc, florissante & celebre à Rome sous la protection de Monsieur le Cardinal François Barberin, & auparavant luy des autres Cardinaux neveux des Papes : Il sera permis à l'Academie Royale de choisir telles personnes des plus éminentes qualitez & conditions du Royaume qu'elle estimera à propos pour sa protection & vice-protection.

II.

Que le Chef de l'Académie sera dorénavant appellé Directeur, qu'il présidera ordinairement aux Assemblées, & en son absence le Recteur en quartier, ou à son deffaut le plus ancien des trois autres, & par le même ordre, les Professeurs en la place des Recteurs, à commencer par celui qui sera en mois ; ledit Directeur pourra être changé ou continué tous les ans selon qu'il sera trouvé à propos ; & en cas de changement, la place sera remplie de telle personne que l'Académie assemblée choisira, sans qu'il soit besoin qu'elle soit du Corps, ni de profeſſer leſdits Arts, pourvû ſeulement qu'elle en ait l'amour & la connoiſſance neceſſaire.

III.

Qu'il ſera établi quatre Recteurs de ladite Académie, choiſis à la pluralité des voix d'entre les plus capables des douze Profeſſeurs appellez Anciens par les premiers Statuts, leſquels Recteurs ſerviront par quartier, prendront ſéance au-deſſus deſdits Profeſſeurs, & jugeront de tous les differends qui ſurviendront touchant les ſciences deſdits Arts, même pourront être Arbitres du prix deſdits ouvrages de Peinture & de Sculpture, tant de ceux qui feront faits pour Sa Majeſté, quand ils feront nommez par les Surintendans & Intendans de ſes Bâtimens, Arts, & Manufactures, leſquels pour cette conſideration, aſſiſteront aux Aſſemblées des Elections deſdits Recteurs, & y préſideront en l'abſence du Protecteur & Vice-Protecteur, que de ceux des particuliers quand ils feront pour ce par eux appellez.

IV.

Que les quatre places des Profeſſeurs qui vacqueront par la Promotion des quatre Recteurs, feront remplies de telles perſonnes que l'Académie eſtimera à propos, ſuivant la forme preſcrite par les premiers Statuts.

V.

Que deſdits quatre Recteurs, il en pourra être changé un au ſort tous les ans, ſi l'Académie le trouve à propos; & en cas de changement, la place fera remplie d'un des douze Profeſſeurs, qui ſera pour ce choiſi à la pluralité des voix, duquel le Directeur changé prendra la place.

VI.

Que les douze nommez Anciens par les premiers Statuts ſeront dorénavant appellez Profeſſeurs, ſans qu'au ſurplus, il ſoit rien changé en leurs prérogatives, honneurs & fonctions.

VII.

Que tous les ans il ſera changé deux des douze Profeſſeurs au ſort, leſquels auront la qualité de Conſeillers de l'Académie, aſſiſteront & auront voix déliberative dans toutes les Aſſemblées d'icelle.

VIII.

Que les places vuides par le changement deſdits deux Profeſſeurs ſeront remplies de perſonnes choiſies par l'Aſſemblée d'entre les Conſeillers & Académiſtes indifferemment ſuivant la forme preſcrite par les premiers Statuts.

IX.

Qu'en toutes les Aſſemblées & Déliberations de l'Académie pour la reception de ceux qui ſe preſenteront, il n'y aura que le Directeur, les quatre Recteurs, les douze Profeſſeurs, les Conſeillers & Officiers qui pourront avoir voix déliberative, auſquelles Aſſemblées & Déliberations, les autres Peintres &

Sculpteurs de l'Académie feront prefens, fi bon leur femble, conformément à l'Article cinquiéme des premiers Statuts.

X.

Que le Sceau de l'Académie fera d'un côté, l'image du Protecteur, & de l'autre, l'écuffon de ladite Académie.

XI.

Que defdits Recteurs, Profeffeurs ou Confeillers, il en fera choifi un pour faire la charge de Chancelier, & avoir la garde du Sceau de l'Académie, lequel Chancelier fcellera tous les Actes en prefence de l'Affemblée, & pourra être changé ou continué tous les ans, fi l'Académie le trouve à propos.

XII.

Que l'Académie nommera un Secretaire pour tenir le Regiftre journal de toutes les expeditions qui feront faites, & des Déliberations qui feront prifes en ladite Académie, dont les feüilles feront fignées des Directeurs, Recteurs & Profeffeurs qui feront prefens. Ledit Secretaire aura auffi la garde de tous les Titres & Papiers concernant l'Académie, & pourra être changé ou continué tous les trois ans, s'il eft trouvé à propos; & en cas de changement, il aura la qualité, fonction ou féance de Confeiller.

XIII.

Que les expeditions tant defdites Déliberations que des Provifions pour admettre dans le Corps de l'Académie ceux qui en feront jugez capables, feront purement émanées & intitulées de ladite Académie, & fignées du Directeur, du Recteur en quartier, & du Profeffeur en mois, fcellées du fcel de l'Académie, & contre-fignées par le Secretaire.

XIV.

Que pour faire la recette & dépenfe des deniers communs de ladite Académie, elle nommera celui du Corps qui fera trouvé le plus propre pour cet emploi, lequel fera appellé Treforier, qui aura auffi la direction & principale garde des tableaux, meubles, & uftanciles de l'Académie, fans qu'aucuns defdits tableaux puiffent être copiez que du confentement de l'Affemblée, laquelle changera ou continuera ledit Treforier tous les trois ans, ainfi qu'elle eftimera à propos; & en cas de changement, il aura la qualité, fonction & feance de Confeiller.

XV.

Que les excellens Graveurs pourront être reçûs Académiftes, fans neanmoins qui leur foit permis d'entreprendre aucuns ouvrages de Peinture.

XVI.

Que l'Academie choifira deux Huiffiers qui auront la charge, foin, nettoyement & entretennement de fes Logemens, Peintures, Sculptures, Meubles & uftanciles, d'ouvrir & fermer les portes, & de fervir à toutes les autres neceffitez & affaires de ladite Académie sous les ordres particuliers du Treforier ; & s'il se rencontre que lesdits Huiffiers ou l'un d'eux profeffent lesdits Arts, ils auront le Privilege de travailler publiquement felon leur capacité fous l'autorité de l'Académie pendant le temps de leur fervice feulement.

XVII.

Que conformément au cinquiéme Article des premiers Statuts, l'Académie s'affemblera tous les derniers Samedis des mois pour s'entretenir & exercer en des conferences fur le fait & raifonnement de la Peinture & Sculpture, & leurs dépendances.

XVIII.

Et pour éviter qu'il n'arrive aucun differend ni jaloufie en ladite Académie fous prétexte des rangs & féances de ceux qui la compofent, le Directeur, comme Chef & Prefident en l'abfence des Protecteur & Vice-Protecteur, aura la place d'honneur, à fa droite feront le Recteur en quartier, les autres Recteurs, le Chancelier & les Confeillers, & à fa gauche le Profeffeur en mois, les autres Profeffeurs, le Treforier, & enfuite les Académiftes felon l'ordre de leur reception.

XIX.

Que tous les ans le dix-feptiéme d'Octobre veille de la Fête de S. Luc, il fera donné par l'Académie un fujet general fur les actions heroïques du Roy à tous les Etudians, pour chacun d'eux en faire un deffein, & les rapporter tous la veille de la Notre-Dame de

Février

Février enfuivant, à l'Affemblée pour y être vûs, examinez, & jugez; de tous lefquels deffeins celui qui fera trouvé le mieux, fera peint & executé par l'Etudiant qui l'aura fait, lequel fera obligé de donner ledit Tableau trois mois après à l'Académie, qui en cette confideration, luy ordonnera un prix d'honneur proportionné au merite du travail, & outre ce, ledit Etudiant aura le Privilége de choifir telle place qu'il voudra pour deffigner à l'Académie, & de pofer le modéle en l'abfence des Profeffeurs, & des Académiftes à l'exclufion de tous autres.

X X.

Le Roy ayant promis d'accorder à trente de ladite Académie de Peinture & Sculpture les mêmes Priviléges qu'aux quarante de l'Académie Françoife ; fçavoir au Directeur, aux quatre Recteurs, aux douze Profeffeurs, au Secretaire, au Treforier, & aux onze de l'Académie qui rempliront les premiers lefdites places, après que ceux qui les occupent à prefent feront changez. ledit Privilége demeurera infeparablement attaché aux perfonnes de ceux qui fe trouveront remplir lefdites places le jour de l'expedition que Sa Majefté en fera délivrer, & enfuite à ceux qui leur fuccederont à mefure qu'ils y feront appellez, jufques à ce que ledit nombre de trente foit rempli, après quoy lorfque lefdits Directeur, Recteurs, Profeffeurs & Officiers feront changez, ceux qui leur fuccederont, n'ayant ledit Privilége, ne le pourront prétendre que par le décès des anciens, auquel temps les plus anciens des Recteurs, Profeffeurs & Officiers en

F

fonction qui n'auront ledit Privilége, en joüiront &
non autrement.

XXI.

Que fi aucun de ceux qui compofent ladite Académie, ou qui y feront reçûs cy-après, venoit à fe
rendre indigne de l'honneur d'en être, foit par mépris des Statuts, negligence à faire les fonctions des
emplois qui luy pourroient avoir été donnez, corruption de bonnes mœurs, abandonnement des interefts de l'Académie ou autrement, en ce cas, il en
pourra être ôté & deftitué par Déliberation de tout
le Corps, même declaré incapable des Priviléges qu'il
y pourroit avoir acquis auparavant.

Le Roy a commandé les vingt-un Articles cy-
deffus être ajoûtez & augmentez aux premiers Statuts & Reglemens de l'Académie Royale de Peinture
& Sculpture de fa bonne Ville de Paris, pour être
ponctuellement fuivis & obfervez, fans qu'il y puiffe
être contrevenu pour quelque caufe, & fous quelque
prétexte que ce foit. Fait à Paris le vingt-quatriéme
jour de Decembre 1654. *Signé*, LOUIS. Et plus
bas, PHELYPPEAUX.

Et à côté eft écrit: *Regiftrés oüi le Procureur General
du Roy, pour être executés felon leur forme & teneur, aux
charges & conditions portées par l'Arreft de ce jour. A Paris
en Parlement le 23 Juin 1655. Signé*, DU TILLET.

LETTRES PATENTES
de Sa Majefté.

LOUIS par la grace de Dieu Roy de France &
de Navarre : A tous prefens & à venir, Salut.
Les Arts de Peinture & Sculpture ayant toujours été
cheris & favorifez des Rois nos prédeceffeurs, par-
ticulierement de François I. Henry II. Henry IV. &
Loüis XIII. notre très-honoré Seigneur & Pere que
Dieu abfolve, ces nobles profeffions ont fleury en
France pendant leurs Regnes avec le même luftre
qu'ils avoient dans l'antiquité, décoré & enrichi les
Maifons Royales de plufieurs rares ouvrages qui fer-
vent de glorieux monument à la memoire de ces
grands Princes. Mais les continuelles guerres dont
cet Etat a été affligé depuis longues années, ayant
attiédi le zele & la ferveur des plus illuftres artifans,
& introduit parmi eux plufieurs abus capables de rui-
ner lefdits Arts, nous nous fommes trouvez obligez
d'employer notre autorité pour les purger & remettre
en leur premier éclat. Pour cet effet nous aurions dès
l'année 1648. établi en notre bonne Ville de Paris
une Académie de Peinture & Sculpture, laquelle a
produit tout le fruit que nous nous en étions promis :
& l'experience nous ayant fait connoître que pour le
plus grand bien & avancement de ladite Académie,
il étoit neceffaire d'ajoûter quelques Articles aux

premiers Statuts & Reglemens d'icelle, nous les avons fait dreſſer le vingt-quatriéme Decembre dernier ; & enſuite pour donner des marques à ladite Académie du ſoin particulier que nous en voulons prendre à l'avenir, & luy départir les témoignages utiles & honorables de notre bienveillance, Nous avons par notre Brevet du vingt-huitiéme jour deſdits mois & an, & pour les conſiderations y contenuës, deſtiné la Gallerie de notre College Royal de l'Univerſité de notre bonne Ville de Paris, pour faire les Aſſemblées, Leçons, & autres exercices de ladite Académie, & à icelle accordé la ſomme de mille livres par chacun an, pour entretenir tant les modéles naturels qui ſe mettent en attitude pour faire les Leçons du deſſein, que les Maîtres qui y ſeront appellez pour montrer la Geometrie, les Mathematiques, Architecture, Perſpective & Anatomie, à prendre leſdites mille livres ſur les fonds ordinaires de nos Bâtimens, & payées ſuivant les ordonnances des Surintendant & Intendant d'iceux au Treſorier de ladite Académie : & afin de donner moyen à ceux qui la compoſent de vacquer à leurs fonctions avec toute l'affection & aſſiduité poſſible, Nous les avons déchargez de toutes tutelles & curatelles, & de tout guet & garde juſques au nombre de trente, auſquels nous avons auſſi accordé le droit de Committimus ; & pour introduire les belles manieres deſdits Arts dans ladite Académie, & en bannir les mauvaiſes que quelques Ignorans y exercent, deffendu que dorénavant il ne ſoit poſé aucun modéle, fait montre, ni donné Leçon en public touchant le fait de Peinture & Sculpture, qu'en icelle, même pour procurer le plus grand luftre & pureté defdits Arts de Peinture & Sculpture, & empêcher que perfonne n'y puiffe être admis à l'avenir que par la feule capacité & fuffifance, Nous les avons exceptez de toutes Lettres de Maîtrife, fans que dorénavant ils puiffent être compris dans les Dons que Nous & nos fucceffeurs Rois en pourrons faire cy-après. Et d'autant que par les nouveaux Articles defdits Reglemens & Statuts, Nous permettons à ladite Académie de choifir telles perfonnes de la plus haute qualité & condition du Royaume que bon luy femblera pour fa Protection & vice-Protection, & qu'en confequence, notre très-cher & très-amé Coufin le Cardinal Mazarin, qui a une connoiffance & un amour fingulier pour toutes les belles & grandes chofes, a été prié de vouloir prendre ladite Protection, Nous l'avons eu très-agreable, & la fupplication très-inftante que notredit Coufin nous a faite en faveur de ladite Académie, de la vouloir gratifier en toutes rencontres, & cependant la faire joüir de l'effet de nos graces portées par notredit Brevet, & en faire expedier nos Lettres neceffaires. A CES CAUSES, & autres confiderations à ce nous mouvans ; fçavoir faifons, que conformément à notredit Brevet du vingt-huit Decembre dernier, cy-attaché avec lefdits Statuts fous le contrefcel de notre Chancellerie, Nous avons par ces Prefentes fignées de notre main, deftiné & affecté, deftinons & affectons ladite Gallerie de notre Colle-

ge Royal de l'Univerſité de Paris pour le Logement
de ladite Académie Royale, juſques à ce que ledit
College ſoit entierement bâti, & que nous luy ayons
pourvû d'un lieu plus commode: Et luy avons fait
& faiſons Don par ceſdites Preſentes de la ſomme de
mille livres par chacun an, dont les fonds ordinaires
de nos Bâtimens ſeront augmentez: pour être leſdits
deniers employez à entretenir les Modéles, & les
Maîtres qui ſeront appellez pour montrer les ſciences deſdits Arts. Déchargeons à preſent & à l'avenir
ceux qui compoſent ladite Académie, de toutes tutelles, curatelles, & de tout guet & garde juſques au
nombre de trente; ſçavoir, le Directeur, les quatre
Recteurs, les douze Profeſſeurs, le Treſorier, le Secretaire, & les onze de ladite Académie, qui rempliront les premiers leſdites places, à meſure que ceux
qui les occupent à preſent ſeront changez. Comme
auſſi avons accordé & accordons à chacun deſdits
trente, le Committimus de toutes les cauſes perſon-
nelles, poſſeſſoires & hypotequaires, tant en demandant qu'en deffendant, pardevant les Maîtres des
Requêtes ordinaires de notre Hôtel, ou aux Requê-
du Palais à Paris, à leur choix, tout ainſi qu'en joüiſſent ceux de l'Academie Françoiſe, & les Officiers
Commenſeaux de notre Maiſon: Deffendons à tous
Peintres & Sculpteurs, quels qu'ils ſoient, de s'ingerer dorénavant de poſer aucun Modéle, faire montre, ni donner Leçon en public touchant le fait de
Peinture & Sculpture qu'en ladite Académie, ſous
quelque prétexte que ce puiſſe être; permis ſeule-

ment à eux pour leur travail & inſtruction, d'en
faire telle étude particuliere en leurs maiſons & atteliers que bon leur ſemblera. Exceptons leſdits Arts
de Peinture & Sculpture de toutes Lettres de Maîtriſe, ſous quelque prétexte que ce ſoit : & en cas que
par ſurpriſe ou autrement, il en ſoit expedié aucunes,
Nous ne voulons qu'il y ſoit eu égard : Voulons &
entendons que ladite Académie entretienne, garde
& obſerve inviolablement de point en point ſelon
leur forme & teneur, tant les derniers Articles deſdits Statuts du 24 Decembre 1654. que ceux du mois
de Février 1648. qui ne ſont détruits ou révoquez par
iceux, ſans y contrevenir pour quelque cauſe que ce
puiſſe être, que par notre expreſſe permiſſion. Si
DONNONS EN MANDEMENT à nos amez & feaux
Conſeillers les Gens tenans notre Cour de Parlement
à Paris, que ces Preſentes ils ayent à faire lire, publier & enregiſtrer, & du contenu en icelles, joüir
& uſer pleinement & paiſiblement leſdits Peintres
& Sculpteurs de l'Académie Royale, ceſſant & faiſant ceſſer tous troubles & empêchemens au contraire. Mandons aux Surintendant & Intendant de nos
Bâtimens, Arts, & Manufactures, de mettre ladite
Académie Royale en poſſeſſion de ladite Gallerie du
Collège Royal, & d'icelle les faire joüir : Enſemble
deſdites mille livres par an, tant & ſi longuement
qu'il nous plaira. CAR tel eſt notre plaiſir. Et afin
que ce ſoit choſe ferme & ſtable à toujours, Nous
avons fait mettre notre ſcel à ces Preſentes, ſauf en
autres choſes notre droit & l'autrui en toutes.

Donne' à Paris au mois de Janvier, l'an de grace 1655. & de notre Regne le douziéme. *Signé*, LOUIS. Et sur le reply, Par le Roy, PHELIPPEAUX: Et scellé du grand Sceau de cire verte en lacs de soye rouge & verte, & contre-scellé. *Visa*, MOLE'.

Et à côté est écrit : *Registrées, oüy le Procureur General du Roy, pour joüir par les Impetrans de l'effet & contenu en icelles, & être executées selon leur forme & teneur, aux charges & conditions portées par l'Arrest de ce jour. A Paris en Parlement le vingt-troisiéme Juin 1655. Signé*, DU TILLET.

ARREST

ARREST DU PARLEMENT

pour la verification du Brevet du 28. Decembre 1654,
Statuts & Reglemens defdits mois & an, & Lettres
Patentes du mois de Janvier 1655.

EXTRAIT DES REGISTRES
de Parlement.

VEu par la Cour les Lettres Patentes données à
Paris au mois de Janvier mil six cens cinquante-
cinq, fignées, LOUIS. Et fur le reply, Par le Roy,
PHELIPPEAUX, & fcellées du grand Sceau de cire
verte en lacs de foye rouge & verte, obtenuës par les
Peintres & Sculpteurs de l'Academie Royale établie
en cette Ville de Paris, par lefquelles, & pour les cau-
fes y contenuës, ledit Seigneur conformément à fon
Brevet du 28. Decembre dernier, auroit deftiné & affecté la Gallerie du College Royal de l'Univerfité de Paris
pour le Logement de ladite Académie Royale jufques
à ce que ledit College foit entierement bâti ; & à laquelle Académie, Sa Majefté auroit fait don de la fomme de mille livres par chacun an à prendre fur le fonds
ordinaire de fes Bâtimens, pour être lefdits deniers
employez à entretenir les Modéles & les Maîtres qui
feront appellez pour montrer les fciences defdits Arts:
Décharge en outre Sadite Majefté, ceux qui compofent ladite Académie, de toute tutelle, curatelle, guet
& garde jufques au nombre de trente perfonnes ; fçavoir, le Directeur, les quatre Recteurs, les douze Profeffeurs, le Treforier, le Secretaire ; & les onze de la

G

dite Académie qui rempliront les premiers lesdites
places, à mesure que ceux qui les occupent seront
changez : Comme aussi accorde Sadite Majesté à chacun desdits Peintres, droit de Committimus de toutes
leurs Causes aux Requêtes de l'Hôtel ou du Palais,
ainsi qu'en joüissent ceux de l'Académie Françoise, &
Commenseaux de sadite Majesté ; avec deffenses à tous
Peintres de s'ingerer dorénavant de poser aucun Modéle, faire montre, ni donner Leçons en public touchant le fait de Peinture & Sculpture, qu'en ladite
Académie. Excepte en outre Sadite Majesté lesdits
Arts de toutes Lettres de Maîtrise, sous quelque prétexte que ce soit. Veut aussi que ladite Académie garde & observe de point en point, tant les Articles desdits Statuts du 24. Decembre 1654. que ceux du mois
de Février 1648. le tout ainsi qu'il est plus au long porté
par lesdites Lettres à ladite Cour adressantes ; ledit
Brevet du 28. Decembre, & Articles des Statuts desdits
Peintres anciens & nouveaux, lesdites Lettres Patentes, & Arrest de verification desdits Statuts, avec la
Requête afin d'enterinement desdites Lettres : Conclusions du Procureur general du Roy. Tout consideré, LADITE COUR a ordonné & ordonne que lesdites
Lettres, Brevet & Statuts seront regiftrez au Greffe
d'icelle pour être executez selon leur forme & teneur,
& joüir par les Impetrans de l'effet & contenu en icelles, à la charge que la décharge des tutelles & curatelles portée par icelles, n'aura lieu en cette Ville & Faux-
bourgs de Paris, pour les tutelles qui leur pourront
être déferées, sinon en cas de droit. Fait en Parlement ce 23. Juin 1655. *Signé*, DU TILLET.

BREVET POUR LE LOGEMENT
qu'occupoit Monsieur Sarasin.

Ujourd'hui fixiéme jour du mois de May 1656.
le Roy étant à Paris, l'Académie de Peinture
& Sculpture que Sa Majefté a ci-devant établie en fadite Ville de Paris, produifant tout le fruit qu'Elle
s'en étoit promis pour l'inftruction des jeunes Etudians & plus grande perfection des plus avancez dans
lefdits Arts, pour lefquels Sa Majefté a une inclination & amour fingulier, étant informé que le Logement qu'Elle a ci-devant accordé à ladite Académie
dans la Gallerie du College Royal de l'Univerfité de
Paris pour faire les Leçons d'exercice d'icelle, eft fitué
dans un endroit fi éloigné & incommode, qu'il feroit
impoffible à ceux qui la compofent, dont la plûpart
font logez dans le quartier du Louvre, d'y rendre l'affiduité neceffaire. Sa Majefté confiderant que les Logemens & Boutiques de deffous de la grande Gallerie de
fondit Château du Louvre, ont toujours été deftinez
pour placer les Artifans illuftres & excellens dans leurs
Arts & Mêtiers, Elle a réfolu d'y mettre ladite Académie, comme dans l'endroit le plus commode & convenable qu'on pourroit choifir; mais d'autant que
tous lefdits Logemens fe trouvent à prefent remplis
de perfonnes dont Sa Majefté defire fe fervir, & luy
ayant été donné à entendre que dans l'ancienne Fonderie attenant le Palais des Tuilleries qu'Elle a depuis
peu donné au fieur Sarafin excellent Sculpteur pour y
faire fon attelier, il y a affez de place pour loger ledit

Sarafin, s'il plaît à Sa Majefté de luy permettre de fe démettre au profit de l'Académie, du Logement qu'il occupe fous ladite Gallerie, & luy rembourfer les deux mille livres qu'il a débourfées de fes deniers pour les réparations & accommodemens qu'il a été obligé de faire en icelui pour le mettre au bon état qu'il eft à prefent SADITE MAJESTE' defirant pourvoir à ladite Académie, a permis & permet audit Sarafin de délaiffer fondit Logement de la Gallerie du Louvre au profit de ladite Académie, moyennant le remboursement defdites deux mille livres, à condition qu'elles feront par lui employées à s'accommoder un autre Logement joignant fon attelier dans ladite Fonderie. Veut & entend que dorénavant ladite Académie joüiffe dudit Logement de la Gallerie, en confequence du délaiffement dudit Sarafin, tout ainfi que joüiffent de pareils Logemens, les Artifans qui les occupent, fans que ladite Académie en puiffe être dépoffedée pour quelque caufe que ce foit, qu'en luy rembourfant comptant lefdites deux mille livres. Mande Sa Majefté au fieur Ratabon Confeiller en fes Confeils, Surintendant & Ordonnateur general des Bâtimens, Arts & Manufactures de France, à l'Intendant defdits Bâtimens, Arts & Manufactures en exercice, de mettre ladite Académie en poffeffion dudit Logement, & l'en faire joüir paifiblement, fuivant & conformément au prefent Brevet, que pour témoignage de fa volonté, Elle a figné de fa main, & fait contre-figner par moy fon Confeiller - Secretaire d'Etat & de fes Commandemens & Finances. *Signé*, LOUIS. Et plus bas, DE GUENEGAUD.

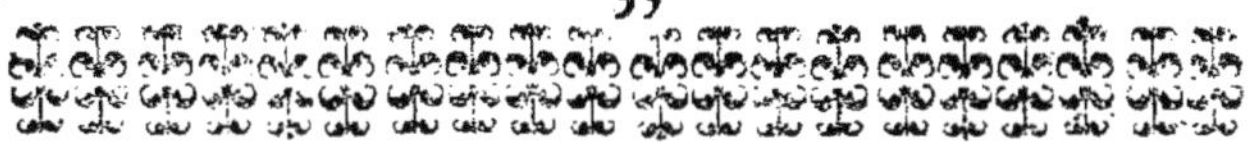

CONTRACT D'ACQUISITION
du Logement de Monsieur Sarasin.

Du 28. Janvier 1656.

PArdevant les Notaires Gardenottes du Roy en
fon Châtelet de Paris, fouffignez fut prefent
en fa perfonne le fieur Jacques Sarafin Sculpteur du
Roy, demeurant à Paris à la Gallerie du Louvre Paroiffe Saint Germain de l'Auxerrois, lequel en confequence du Brevet du Roy, dont copie eft ci-deffus
tranfcrite, & fuivant la permiffion qu'il a plû à Sa
Majefté luy donner par icelui, a délaiffé & délaiffe
par ces prefentes à l'Académie Royale de Peinture
& Sculpture établie par Sadite Majefté en fa bonne
Ville de Paris, ce acceptant par Meffire Antoine
Ratabon, Chevalier, Confeiller du Roy en fes Confeils, Surintendant & Ordonnateur general des Bâ-
mens de Sa Majefté, & Directeur de ladite Académie, Charles le Brun Recteur & Chancelier, Charles Errard, & Sebaftien Bourdon auffi Recteurs,
Michel Corneille, Loüis Bologne, Henry Mauperché, Guillaume Seve, Claude Vignon, Laurent de
la Hyre, Girard Vanopftal, Simon Guillain, Gilles
Guerin, Charles Poërfon, Loüis du Garnier, &
Samuel Befnard, tous Profeffeurs de ladite Académie, Henry Teftelin Secretaire & Garde des Titres de ladite Académie, Henry Beaubrun Trefo-

G iij

rier, Philippe Champagne, & Charles Beaubrun,
Conſeillers, Loüis Ans, Loüis Ferdinand
Montagne   le Moyne
Bechard, & Girard Gauſſin Académiſtes, dont la
plus grande partie ſont preſens, & l'autre partie ab-
ſens, le Logement que ledit Saraſin a & occupe
dans ladite Gallerie du Louvre, & qui luy avoit été
ci-devant donné par Sadite Majeſté par ſon Brevet
du

pour dudit Logement joüir par ladite Académie, &
y faire les Leçons, Exercices & Fonctions d'icelle,
ainſi que Sa Majeſté l'entend & deſire par ledit Brevet, à commencer du premier jour de Juillet pro-
chain, aux fins dequoi ledit Saraſin a preſentement
mis ès mains dudit ſieur Henry Teſtelin Secretaire
& Garde des Titres & Papiers de ladite Académie,
l'original de ſondit Brevet de Don, declarant ledit
Saraſin avoir preſentement reçû comptant par les
mains du ſieur Pinette, Conſeiller & Secretaire du
Roy, & Treſorier de l'émolument du Sceau, la ſomme de deux mille livres, ſuivant l'Ordonnance de
Monſeigneur le Chancelier Seguier Vice-Protecteur
de ladite Académie, pour le rembourſement de pareille ſomme que ledit Saraſin a employé aux réparations & accommodemens qu'il a faits audit Logement pour le mettre en l'état qu'il eſt de preſent,
partant d'icelle ſomme de deux mille livres, ledit
Saraſin ſe tient content, & en a quitté & déchargé
ladite Académie, & ne ſervira la preſente quittance
avec celle particuliere ſeparée des preſentes baillée

par ledit Sarafin audit fieur Pinette, que d'une feule.
Promettant, &c. Obligeant, &c. Renonçant, &c.
Fait & paſſé à Paris en la maiſon du fieur Ratabon,
fife ruë des vieux Foſſez Montmartre Paroiſſe Saint
Euſtache l'an 1656. le vingt-huitiéme jour de Juin
après midi, & ont ſigné; ainſi ſigné Ratabon, Jac-
ques Sarafin, Bourdon, le Brun, M. Corneille, Va-
nopſtal, Poërſon, du Garnier, Loüis de Bologne,
Henry Mauperché, Henry Beaubrun, Pain & de
Beauvais Notaires : Et après eſt écrit.

L'an mil ſix cens ſoixante & ſept le 13 Decembre, colla-
tion de la preſente copie a été faite par les Notaires Garde-
nottes du Roy au Châtelet de Paris, ſouſſignez ſur ſa mi-
nutte originalle demeurée vers & en la poſſeſſion de Simon
Moufle le jeune, l'un d'iceux Notaires ſouſſignez, comme
ſubrogé à l'Office & pratique dudit M. Michel de Beauvais,
auſſi ci-devant Notaire. Signé, GIGAULT & MOUFLE.

BREVET POUR LE GRAND
Attelier, auparavant occupé par le fieur
du Bourg Tapiſſier.

Du 13. Avril 1657.

Ujourd'hui 26. jour du mois de Mars 1657.
le Roy étant à Paris, ayant par ſon Brevet du
6. May 1656. accordé à l'Académie Royale de Peinture & Sculpture établie par Sa Majeſté en ſadite

Ville de Paris, le Logement qu'occupoit au-deſſus
de ſa grande Gallerie du Château du Louvre le ſieur
Jacques Saraſin Sculpteur, que Sa Majeſté avoit en
même temps établi au lieu où étoit l'ancienne Fonderie attenant le Palais des Tuilleries, à la charge
de rembourſer audit Saraſin la ſomme de deux mille
livres qu'il avoit débourſées de ſes deniers pour les
réparations & accommodemens par luy faits audit
Logement ſur l'aſſûrance que Sa Majeſté eut la bonté de donner à l'Académie, de luy faire rendre ladite
ſomme auſſi-tôt que ſes affaires le pourroient permettre ; & d'autant que Sa Majeſté a été pleinement informée que ledit Logement n'eſt pas aſſez
grand ni commode pour faire les Leçons & Exercices de ladite Académie, laquelle produit de jour
en jour un fruit très-conſiderable pour l'inſtruction
de la jeuneſſe & plus grande perfection des plus
avancez dans leſdits Arts, déſirant de plus en plus
favoriſer ledit établiſſement, Sa Majeſté a accordé
& accorde à ladite Académie Royale de Peinture &
Sculpture, l'Attelier qu'occupoit ci-devant au-
deſſous de ladite Gallerie, deffunt Pierre du Bourg
l'un de ſes Tapiſſiers, Hauts-liſſiers n'a gueres de-
cedé, pour dans ledit Attelier au lieu dudit Logement, dont Sa Majeſté a preſentement diſpoſé, faire
dorénavant & tant qu'il plaira à Sa Majeſté, les Leçons, Aſſemblées & autres Exercices ordinaires de
ladite Académie, ſuivant & conformément aux Reglemens & Statuts d'icelle, & pour cet effet y dreſſer & faire faire telles cloiſons & accommodemens
qui

qui feront neceffaires ; & en cas que Sa Majefté voulût cy-après fe fervir dudit Attelier pour y rétablir la
Manufacture defdites Tapifferies, fous quelque habile Conducteur, Elle aura bien agreable de ne pas
dépoffeder ladite Académie d'icelui, fans luy donner
un autre Logement fpatieux & commode, foit dans
ladite Gallerie ou ailleurs dans fes Maifons Royales,
ou du moins luy faire rembourfer comptant avant
que de déloger les deux mille livres, dont leur tenoit
lieu le Logement dudit Sarafin qu'ils quittent pour
ledit Attelier avec les réparations & accommodemens qu'ils auroient été obligez de faire en icelui
pour s'y établir en confequence du prefent Brevet,
par lequel Sa Majefté mande & ordonne au fieur
Ratabon Confeiller en fes Confeils, Surintendant
& Ordonnateur general de fes Bâtimens, Arts &
Manufactures, & à l'Intendant & Ordonnateur
d'iceux en Exercice de mettre ladite Académie en
poffeffion dudit Attelier, & l'en faire joüir tant
qu'Elle l'aura agreable, m'ayant pour témoignage
de fa volonté commandé d'en expedier le prefent
Brevet qu'Elle a figné de fa main, & fait contre-
figner par moy fon Confeiller-Secretaire d'Etat & de
fes Commandemens. *Signé*, LOUIS. Et plus bas,
DE GUENEGAUD.

A côté eft écrit: *Vû le prefent Brevet pour joüir de
l'effet d'icelui par ladite Académie, felon l'intention de Sa
Majefté. Fait ce 13. Avril 1657.* Signé, RATABON
ET VARIN.

ARREST DU CONSEIL

contre certains Etudians qui avoient entrepris de tenir une Academie & poser un Modéle.

Du 24. Novembre 1662.

EXTRAIT DES REGISTRES

du Conseil d'Eslat.

LE Roy étant informé qu'au préjudice de l'Etablissement qu'il a ci-devant fait en sa bonne Ville de Paris, d'une Académie de Peinture & Sculpture qui y fait refleurir les Sciences & les Arts avec tant de progrès, qu'à present ils y trouve plus de personnes illustres de ces Professions qu'en tout le reste de l'Europe, quelques Esprits factieux & mal veillans de ladite Académie se sont ingerez sous main de ramasser dans une chambre plusieurs petits garçons, sous prétexte d'y faire faire école & leçon publique des Mathematiques, Geometrie-Pratique, & Perspective, & sur les deffenses faites ausd. prétendus Etudians, de continuer lesdites Assemblées, & de declarer de qui ils étoient avoüez, & devoient recevoir les leçons, ils ont donné un Memoire non signé écrit de la main d'un nommé Bosse, soy disant Geometre & Académiste de ladite Académie Royale, lequel après en avoir été chassé par son incompatibilité & opinions contraires à la véritable maniere de montrer lesdites Mathematiques, Geometrie-Pratique, & Perspective, se licentie sous le nom desdits prétendus Etudians, de médire de ladite Académie, de ceux qui la compofent, & de blâmer tout ce qui s'y fait, ce qu'étant contre le refpect qu'il doit à une Compagnie pleine de vertu & de fcience, établie, protegée & maintenuë par Sa Majefté, même logée dans le Palais Royal avec Penfion bien payée, pour marque de l'eftime trés-particuliere qu'Elle en fait, voulant y pourvoir. Oüy le Rapport du fieur Colbert Confeiller ordinaire au Confeil Royal, & Intendant des Finances, Sa Majefté en fon Confeil, a deffendu & deffend trés-expreffément les Affemblées defdits prétendus Etudians fous quelque prétexte que ce foit, à peine de prifon, & à tous Propriétaires ou Locataires des maifons de les recevoir, à peine de cinq cens livres d'amende payable à l'Hôpital General; deffend pareillement audit Boffe de s'ingerer d'aller fe prefenter dorénavant à ladite Académie Royale, de prendre plus la qualité d'Académifte, de parler d'icelle qu'avec honneur & refpect, & de tous ceux qui la compofent, d'écrire aucunes Lettres, Libelles, Memoires, Requêtes, Factums ne autres chofes qui les regardent à peine de prifon, & en cas de contravention, veut Sadite Majefté, que par les Commiffaires des quartiers, le prefent Arreft foit mis à dûe & entiere execution, fans qu'il foit befoin d'autre, nonobftant oppofitions ou appellations quelconques, defquelles fi aucunes interviennent, Sa Majefté s'eft refervée la connoiffance en fondit Confeil, & icelle interdite & deffenduë à tous autres. Fait au Confeil d'Etat du Roy, tenu à Paris le 24 Novembre 1662. Collationné. *Signé*, BECHAMEIL.

ARREST DU CONSEIL,

portant injonction à tous les Peintres du Roy de s'unir à l'Académie, révoquant à cet effet leurs Brevets.

Du 8. Février 1663.

EXTRAIT DES REGISTRES
du Conseil d'Estat.

SUr la Requête presentée au Roy en son Conseil par les Peintres & Sculpteurs qui composent l'Académie Royale de Peinture & Sculpture, contenant que depuis l'année 1648. qu'il a plû à Sa Majesté d'établir & autoriser ladite Académie afin d'y assembler en un Corps tous les habiles Hommes de cette Profession, & d'entretenir une émulation parmi eux qui les excite à se rendre capables de plus en plus non seulement de contribuer à la décoration des Maisons Royales & autres grands édifices, mais sur toutes choses d'instruire la jeunesse dans l'étude desdits Arts, quoique Sa Majesté ait assez fait connoître combien l'Etablissement de cette Académie luy étoit agréable par les graces & les priviléges qu'Elle y a joints dès le commencement, & qu'elle a depuis augmentez, en luy ordonnant un Logement pour y faire ses Exercices, & mille livres de Pension pour son entretien, que même Elle ait fait retrancher de l'état de ses Bâtimens grand nombre de ceux qui y étoient employez pour n'y en reserver que quelqu'uns qui ont

l'honneur d'être de ladite Académie, & qu'enfin pour
témoigner davantage l'eftime que Sa Majefté a toujours fait de ces Arts & de ceux qui y excellent, Elle ait
eu la bonté d'en honorer quelqu'un du titre de No-
bleffe & des Priviléges qui y font annexez: Cependant
diverfes perfonnes defquelles le merite pourroit les y
faire recevoir, s'en tiennent feparez, ou pour s'exem-
pter de la peine des Exercices publics que les Recteurs
& Profeffeurs de ladite Académie font obligez de faire, ou pour quelqu'autre confideration d'interêt particulier, au grand préjudice de la jeuneffe qui fe trouve fruftrée du fruit qu'elle pourroit recevoir de
leurs inftructions, à quoy étant neceffaire de pourvoir, requeroit qu'il plût à Sa Majefté ordonner que
tous ceux qui fe difent Peintres & Sculpteurs du Roy
feront tenus de s'unir inceffamment au Corps de ladite Académie, faifant deffenfes à tous autres qu'à
ceux qui font de ladite Académie, de prendre la qualité de Peintre ou Sculpteur de Sa Majefté, & qu'à
cette fin toutes Lettres & Brevets qui pourroient
avoir été ci-devant donnez pour raifon de ce, de-
meureront fupprimez, donnant permiffion aux
Maîtres Jurez defdits Arts de continuer leurs pourfuites contre ceux qui ne feront point du Corps de
ladite Académie fans aucune exception. Tout confideré, & oüy le rapport du fieur Colbert Confeiller au Confeil Royal, Intendant des Finances: LE
ROY EN SON CONSEIL, a ordonné & ordon-
ne, que tous ceux qui fe qualifient Peintres & Sculpteurs de Sa Majefté, feront tenus de s'unir & incor-

porer inceſſamment au Corps de ladite Académie Royale. Faiſant Sa Majeſté défenſe à tous ſes Peintres & Sculpteurs qui ne ſont de ladite Académie , de prendre ladite qualité de Peintres & Sculpteurs de Sa Majeſté , contre leſquels elle permet aux Maîtres Jurez deſdits Arts de continuer leurs pourſuites , revoquant à cet effet toutes Lettres & Brevets qui pourroient avoir été donnez cy-devant pour raiſon. Fait au Conſeil d'Etat du Roy , tenu à Paris le 8 jour de Février 1663. Collationné. *Signé* , BOSSUET.

LOUIS par la grace de Dieu Roy de France & de Navarre: Au premier des Huiſſiers de notre Conſeil , ou autre Huiſſier ou Sergent ſur ce requis. Nous te mandons & commandons que l'Arreſt dont l'extrait eſt ci-attaché ſous le contre-ſcel de notre Chancellerie , ce jourd'huy donné en notre Conſeil d'Etat, ſur la Requête à Nous preſentée par les Peintres & Sculpteurs qui compoſent l'Académie Royale de Peinture & Sculpture : Tu ſignifies à tous les Peintres & Sculpteurs qui ne ſont de ladite Académie , & à tous autres qu'il appartiendra , à ce qu'ils n'en prétendent cauſe d'ignorance , & fais pour l'entiere execution dudit Arreſt tous commandemens , ſommations , deffenſes ſur les peines y contenuës , & autres actes & exploits neceſſaires ſans autre permiſſion , nonobſtant toutes Lettres & Brevets qui pourroient avoir été ci-devant donnez , pour raiſon de ce , leſquels nous avons revoquez ; Car tel eſt notre plaiſir. Donné à Paris le 8. jour de Fevrier l'an de grace 1663. Signé , Par le Roy en ſon Conſeil , BOSSUET: Et ſcellé du grand Sceau de cire jaune.

ESTAT DE LA DE'PENSE

que le Roy veut & entend être faite par cha-
cun an pour l'entretennement de l'Académie
Royale de Peinture & de Sculpture, etablie
par Sa Majesté dans sa bonne Ville de Paris.

Du 7. Avril 1663.

PREMIEREMENT.

A Quatre Recteurs qui serviront par quartier, & qui seront obligez de se trouver tous les Samedis de chaque semaine pendant leur quartier de service à l'Académie, pour conjointement avec le Professeur en mois, vacquer à la correction des Etudians, juger de ceux qui auront mieux fait & qui auront merité quelque récompense, & pourvoir à toutes les affaires de l'Académie, à raison de trois cent livres chacun, cy 1200 liv.

A douze Professeurs qui serviront par mois, & qui seront obligez de se trouver à l'Académie tous les jours pendant leur mois de service pour poser le Modéle en attitude, le dessiner, corriger les Etudians, & veiller à toutes les affaires de l'Academie, à raison de cent livres chacun, cy 1200 l.

Aux Maîtres de Geometrie, de Perspective, &

d'Anatomie, qui feront obligez de fe rendre à l'Acadêmie trois jours de chaque femaine, pour enfeigner les Etudians, à raifon de deux cens livres chacun, cy   600 liv.

Pour le payement du Modéle, de l'huile & du charbon qui fe confomment à l'Académie pendant l'année, cinq cens livres, cy   500 liv.

Pour les prix qui feront propofez aux Etudians par chacun an, la fomme de quatre cens livres, cy   400 liv.

Pour fubvenir aux mêmes neceffitez & entretenement du lieu où fe tient l'Académie, la fomme de cent livres, cy   100 liv.

Somme totale de là dépenfe du prefent état.   4000 liv.

Fait au Confeil Royal des Finances, tenu à Páris le cinquiéme jour d'Avril 1663. Signé, LOUIS; *Et plus bas*, VILLEROY, D'ALIGRE, DE SEVE ET COLBERT.

Collationné à l'Original par moy Commis de Monfieur Colbert, Confeiller au Confeil Royal, Intendant des Finances. Signé, DU METZ.

LETTRES

LETTRES PATENTES

du Roy, pour l'approbation & confirmation des Statuts & Reglemens de l'Académie Royale de Peinture & de Sculpture, plus amples que les précedens, portant aussi donation de 4000 liv. pour la pension des Officiers, & confirmation de tous les Privileges ci-devant accordez par Sa Majesté, & les Rois ses Predecesseurs,

Du mois de Decembre 1663.

LOUIS par la grace de Dieu Roy de France & de Navarre : A tous presens & à venir, Salut. Quelques avantages que nous ayons remportez par le Traité des Pyrenées, toute l'Europe sçait qu'en concluant la Paix generale à notre âge & au milieu de nos prosperitez, nous avons beaucoup plus consideré le repos particulier de nos Sujets que notre propre gloire. C'est aussi par l'effet de l'amour paternel que nous leur portons, que dans cette tranquilité universelle, Nous avons converti nos soins à leur faire goûter les fruits d'une Paix si desirée, & si puissamment établie : Mais quoique nous ayons pourvû à leur soulagement par la diminution des impositions ; que nous ayons donné nos ordres pour

1

le rétabliſſement du Commerce, & que nous tenions la main à l'execution des Reglemens pour la diſtribution de la Juſtice : Nous avons neanmoins eſtimé que pour rendre notre Royaume plus floriſſant, & mieux marquer l'abondance & la felicité de notre Regne ; Nous ne pouvions rien faire de plus convenable, que d'y faire cultiver les Sciences & les Arts liberaux ; & à l'exemple des plus grands Rois qui nous ont précedé, attirer ceux qui s'y trouveront exceller par des bien-faits & des marques d'honneur qui puiſſent donner aux autres de l'émulation, & les exciter à ſe rendre dignes de ſemblables graces. Et comme entre les beaux Arts, il n'y en a point de plus noble que la Peinture & la Sculpture, que l'une & l'autre ont toujours été en très-grande conſideration dans notre Royaume, Nous avons bien voulu donner à ceux qui en font profeſſion, des témoignages de l'eſtime particuliere que nous en faiſons. Pour cet effet en l'année 1648. Nous aurions établi en notre bonne Ville de Paris une Académie Royale de Peinture & Sculpture, à laquelle Nous aurions accordé des Statuts & Privileges, & iceux augmentez par nos Lettres du mois de Janvier 1655. depuis lequel établiſſement ladite Académie étant notablement accrûë par le concours du grand nombre de perſonnes qui étudient à ſe perfectionner auſdits Arts, & la ſuite du temps ayant fait connoître qu'il étoit neceſſaire, pour la manutention de ladite Académie, de luy pourvoir d'un Reglement plus ample, Nous aurions bien voulu faire rédiger de nouveaux Statuts & Regle-

mens que nous voulons être executez; & pour plus
grande approbation & confirmation luy accorder
nos Lettres à ce neceſſaires. A ces causes, de
l'avis de notre Conſeil qui a vû leſdits Statuts &
Reglemens cy-attachez ſous le contre-ſcel de notre
Chancellerie, & de notre grace ſpeciale, pleine puiſ-
ſance & autorité Royale : Nous avons approuvé &
confirmé, & par ces Preſentes ſignées de notre main,
approuvons & confirmons leſdits Statuts : Voulons
& nous plaît, qu'ils ſoient gardez, obſervez, & executez pleinement ſelon leur forme & teneur. Et
pour donner d'autant plus de marques de l'eſtime
que nous faiſons de ladite Académie, & de la ſatis-
faction que nous avons des fruits & des bons ſuccès
qu'elle produit journellement, icelle avons confir-
mée & confirmons dans tous les privileges; exemptions, honneurs, prérogatives & préeminences que
nous luy avons attribuées, & que nos prédeceſſeurs
Rois ont accordé à ceux de cette Profeſſion, & en
tant que beſoin eſt ou ſeroit, luy avons de nouveau
tous leſdits privileges & exemptions accordé & accordons par ces Preſentes. A cet effet, & pour faire
obſerver leſdits Statuts & Reglemens avec plus d'autorité, & rendre ladite Académie plus conſiderable,
Nous icelle & tous ceux qui en compoſent le Corps,
avons miſe & mettons ſous la protection de notre
très-cher & feal Chevalier Chancelier Garde des
Sceaux de France, le Sieur Seguier, & Vice-protection de notre amé & feal Conſeiller ordinaire en
nos Conſeils, & en notre Conſeil Royal le Sieur

Colbert Intendant de nos Finances. Et pour donner plus de moyen à ladite Académie Royale de subsister, Nous luy avons par ces mêmes Presentes, fait & faisons don de la somme de quatre mille livres par chacun an, pour être lesdits deniers employez au payement des Pensions des Professeurs qui vaqueront à enseigner lesdits Arts de Peinture & de Sculpture, distribution des Prix, payement des Modéles, & autres frais qu'il conviendra faire pour l'augmentation & entretenement de ladite Académie; de laquelle somme de quatre mille livres employ sera par nous fait annuellement dans l'Etat de nos Bâtimens, & en consequence Nous avons fait & faisons très-expresses inhibitions & deffenses à toutes personnes de quelque qualité & condition qu'elles soient, d'établir des Exercices publics desdits Arts de Peinture & de Sculpture, de troubler ni inquieter ceux de ladite Académie Royale dans leur établissement, ni de contrevenir ausdits Statuts, sur peine de deux mille livres d'amende, même de prendre la qualité de nos Peintres & de nos Sculpteurs sous prétexte de Brevets ou autres Titres, lesquels nous révoquons par ces Presentes, conformément à l'Arrest de notre Conseil du 8. Février dernier, que Nous voulons être executé; fors & excepté à ceux qui seront du Corps de ladite Académie. Et d'autant que ceux qui composent ladite Académie ont des Eleves, lesquels après être demeurez plusieurs années auprès d'eux, ne pouvant parvenir d'être admis à ladite Académie, il ne seroit pas juste qu'ils eussent perdu leur temps.

Voulons & nous plaît que le temps qu'ils auront
demeuré chez lefdits Académiciens, leur foit compté
pour parvenir à la Maîtrife dans toutes les Villes de
notre Royaume, & que le Certificat de celui chez qui
ils auront demeuré, approuvé par le Chancelier de
ladite Académie, & contre-figné par le Secretaire d'i-
celle, leur tienne lieu d'obligé. SI DONNONS EN
MANDEMENT à nos amez & féaux Confeillers les
Gens tenans notre Cour de Parlement, de faire joüir
ladite Académie Royale de l'effet defdits Statuts, &
du contenu en ces Prefentes, pleinement, paifiblement & perpetuellement, & à notre Procureur
General d'y tenir la main, ceffant & faifant ceffer
tous troubles & empêchemens qui pourroient être
donnez au contraire: CAR tel eft notre plaifir. Et
afin que ce foit chofe ferme & ftable à toujours,
Nous avons fait mettre notre fcel à cefdites Prefentes.
DONNE' à Paris au mois de Decembre l'an de grace
1663. & de notre Regne le vingt un. Signées, LOUIS;
Et fur le reply, PHELIPPEAUX: fcellées du grand
Sceau de cire verte en lacs de foye rouge & verte, &
contre-fcellées, *avec ces mots: Vifa,* pour fervir aux
Lettres de Don de quatre mille livres de Penfion par
chacune année à perpetuité à l'Académie Royale de
Peinture & de Sculpture, avec confirmation des Re-
glemens de ladite Académie.

*Regiftrées en la Chambre des Comptes le 31. jour de De-
cembre* 1663. *Signé*, RICHER.

Regiftrées en la Cour des Aydes le 13. *jour de Février* 1664.
Signé, DUMOULIN.

Regiftrées en Parlement le 14. *May* 1664.

AVERTISSEMENT.

D'Autant que les presens Articles comprennent les precedens Statuts de l'Académie, tant ceux de l'année 1648. que ceux de la Jonction avec les Maîtres en 1651. & les derniers de l'année 1655. on a mis à la marge de chaque Article des renvois, pour marquer la conformité qu'ils ont ausdits précedens Statuts, ou aux Déliberations de l'Academie.

STATUTS ET REGLEMENS
de l'Académie Royale de Peinture & de Sculpture établie par le Roy, faits par l'ordre de Sa Majesté, & qu'Elle veut être executez.

.Du 24. Decembre 1663.

PREMIEREMENT.

QU'il n'y aura qu'un seul lieu où l'Académie fera ses Assemblées sous le nom d'Académie Royale, où se décideront tous les differends qui pourront survenir touchant les Arts de Peinture & de Sculpture : comme aussi pour la Reception des Académiciens, & la distribution des Prix qui seront proposez aux Etudians ; mais sera libre à ladite Académie d'avoir d'autres lieux en divers endroits de la Ville, tels qu'elle jugera le plus à propos pour la commodité publique, où se feront les exercices du Modéle, sous les ordres & la conduite des Officiers qu'elle nommera pour cet effet, & qui rendront compte de leur conduite aux Assemblées de ladite Académie Royale. Et d'autant que quelques personnes pourroient entreprendre de faire des Assemblées pour poser le Modéle, & tenir des Ecoles publiques de Peinture & de Sculpture sans la participation de l'Académie, ce qui pourroit apporter du desordre & de la corruption : Qu'aucunes Assemblées de Peinture

I. Art. de la Jonction, 1651.
III. Art. des Statuts, 1655.

& de Sculpture pour poſer le Modéle, ne ſeront établies en cette Ville de Paris, que par l'ordre & le conſentement de ladite Académie ; & ſi aucunes y avoit, que les particuliers qui les compoſent ſeront avertis, & enſuite contraints de les faire ceſſer, comme contraires à l'intention de Sa Majeſté.

I I.

Art. I. des Statuts, 1648.

Le lieu où l'Aſſemblée ſe fera, étant dédié à la Vertu, doit être en ſinguliere veneration à ceux qui la compoſent, & à la jeuneſſe qui y eſt reçûë pour étudier & deſſigner : partant s'il arrivoit qu'aucun vint à blaſphemer le ſaint Nom de Dieu, ou à parler de la Religion, & des choſes ſaintes par dériſion & par mépris, ou proferer des paroles impies & deshonnêtes, il ſera banni de ladite Académie, & déchû de la grace qu'il a plû à Sa Majeſté luy accorder.

I I I.

Art. II. des Statuts, 1648.

L'on ne parlera dans ladite Académie que des Arts de Peinture & de Sculpture, & de leurs dépendances, ſans qu'on y puiſſe traiter d'aucunes autres matieres.

I V.

Art. IV. des Statuts, 1648. defl. du 2. Aouſt 1653.

L'Académie ſera ouverte tous les jours de la Semaine, excepté les Dimanches & les Fêtes, à la jeuneſſe, & aux Etudians, pour y deſſigner l'eſpace de deux heures, & profiter des Leçons qu'on fera ſur le Modéle qui ſera mis en attitude par le Profeſſeur. Comme auſſi pour apprendre la Geometrie, la Perſpective & l'Anatomie, dont les Profeſſeurs eſdites ſciences, qui ſeront pour cet effet choiſis par l'Académie, donneront ſes Leçons deux fois la Semaine ;

laquelle

laquelle Académie s'affemblera tous les premiers &
derniers Samedis du mois, pour s'entretenir & exercer en des Conferences fur le fujet de la Peinture &
Sculpture, & de leurs dépendances, & pour déliberer
de leurs affaires.

V.

Les Propofitions feront ouvertes par le Secretaire, *Art. V. des Statuts, 1648.*
pour y déliberer avec ordre, de bonne foy, en con-
fcience, fans brigue, caballe, ni paffion ; mais avec
difcretion, & fans s'interrompre l'un l'autre.

V I.

Il y aura une étroite union & bonne correfpon- *Art. IX. des Statuts, 1648.*
dance entre ceux de l'Académie ; parce qu'il n'y a rien
de plus contraire à la Vertu que l'envie, la médifance
& la difcorde ; & fi quelqu'un étoit enclin à ces fortes
de vices, & qu'il ne s'en voulût pas corriger après la
réprimende qui luy en aura été faite, l'entrée de l'A-
cadémie luy fera deffenduë.

V I I.

Toutes les Déliberations qui feront prifes dans les *Art. XII. des Statuts, 1648.*
Affemblées generales, & couchées dans les Regiftres
de l'Académie, feront executées.

V I I I.

Il fera permis à l'Académie Royale de choifir telles *Art. I. des Statuts, 1655.*
perfonnes des plus éminentes qualitez & conditions
du Royaume qu'elle eftimera à propos, pour fa Protection & Vice-protection.

I X.

Il y aura un Directeur, lequel fera changé tous les *Art. II. des Statuts, 1655.*
ans, fi ce n'eft que l'Académie trouve à propos de le

continuer, & en cas de changement, la place fera remplie de telles perſonnes que l'Académie aſſemblée élira.

X.

Art. III. des Statuts, 1655. Deſl. du 17. Mars 1663.

Il y aura quatre Recteurs perpetuels, & deux Ajoints, les Recteurs choiſis & nommez par le Roy d'entre les plus capables des Profeſſeurs, ou qui l'auront été, l'un deſquels préſidera par quartier en l'abſence du Directeur, & fera obſerver les ordres dans ladite Académie, & en cas de decès de l'un deſdits Recteurs, la place fera remplie par l'un de ceux qui aura été nommé pour Ajoint à ladite Charge, au choix de l'Académie; leſquels Recteurs de quartier feront obligez de ſe trouver tous les Samedis en ladite Académie, pour conjointement avec le Profeſſeur en mois, pourvoir à toutes les affaires d'icelle, vacquer à la correction des Etudians, juger de ceux qui auront le mieux fait, & merité quelques récompenſes, & ſe rendre dignes par ce moyen des graces que le Roy leur a faites; & en cas d'abſence du Recteur, l'Ajoint qui aura fait ſa fonction, recevra les gages & la rétribution que ledit Recteur pourroit eſperer à proportion du temps qu'il aura ſervi.

XI.

Art. VI. VII. des Statuts. 1655. Deſl. du 17. Mars 1663.

Il y aura douze Profeſſeurs & huit Ajoints; les Profeſſeurs ſerviront chacun un mois de l'année, & ſe trouveront tous les jours à l'heure preſcrite pour faire l'ouverture de l'Académie, poſer le Modéle, le deſſiner ou modeler, afin qu'il ſerve d'exemple aux Etudians; les corriger & tenir aſſidus pendant les

heures de ces exercices, & faire les autres fonctions
de leurs Charges; & fera libre à l'Académie d'en changer jufques à deux par chacun an quand elle le trouvera à propos; & en cas d'abfence ou maladie du Profeffeur en mois, l'Ajoint qui aura fait fa fonction,
recevra les gages & la rétribution que ledit Profeffeur
pourroit efperer à proportion du temps qu'il aura fervi; & lorfqu'il arrivera changement ou decès d'aucun
defdits Profeffeurs, la place fera remplie de celui d'entre les Ajoints qu'il plaira à l'Académie de choifir;
bien entendu que ceux qui fortiront de Charge auront la qualité de Confeillers de l'Académie, & auront féance & voix déliberative dans toutes les Affemblées d'icelle.

XII.

Seront les Ajoints tant defdits Recteurs que Profeffeurs élûs & nommez à la pluralité des voix par les
Officiers de l'Académie.

XIII.

Que nulle perfonne à l'avenir ne fera reçûë en *Defl. de*
ladite Charge de Profeffeur qu'il n'ait été nommé *l'an 1660.*
Ajoint, & nul ne fera nommé Ajoint, qu'il n'ait fait
connoître fa capacité en la figure & en l'hiftoire, foit
en Peinture ou en Sculpture, & qu'il n'ait mis dans
l'Académie le Tableau d'hiftoire ou bas-relief qui lui
aura été ordonné.

XIV.

Et parce qu'outre les Officiers & ceux qui l'auront été, il y a & peut avoir encore des perfonnes à
l'avenir dans ladite Académie, qui font très-connoif-

santes des choses concernant ledit Art, & intelligentes dans les affaires de l'Académie, il en sera choisi & nommé jusqu'au nombre de six, pour posseder la qualité de Conseiller, & avoir voix déliberative avec lesdits Officiers.

XV.

Art. X. des Statuts, 1655.

Que dans le Sceau de l'Académie, il y aura d'un côté l'image du Protecteur, & de l'autre les armes de ladite Académie.

XVI.

Art. XI. des Statuts, 1655.

Que nul ne pourra être Chancelier qu'il n'ait été Recteur auparavant, afin qu'il soit connu être capable de ladite Charge de Chancelier, & avoir la garde du Sceau de l'Académie, pour en sceller les Actes, & mettre le *Visa* sur les Expeditions; lequel Chancelier possedera cette Charge pendant sa vie.

XVII.

Art. XII. des Statuts, 1655.

Que l'Académie nommera un Secretaire, pour tenir le Registre journal de toutes les Expeditions qui seront faites, & des Déliberations qui seront prises en ladite Académie, dont les feüilles seront signées des Directeur, Chancelier, Recteurs & Professeurs qui seront presens. Ledit Secretaire aura aussi la garde de tous les Titres & Papiers concernans l'Académie, & possedera cette Charge sa vie durant: même gardera en dépôt les Sceaux de l'Académie quand le Chancelier viendra à manquer par mort ou longue absence; auquel cas le Secretaire pourra sceller en presence de l'Assemblée, & non autrement: Et en cas d'absence ou maladie dudit Secretaire, il sera choisi entre les Officiers une perſonne capable de faire ladite Charge.

XVIII.

Que les Expeditions tant deſdites Déliberations, que des Proviſions pour admettre dans le Corps de ladite Académie ceux qui en feront jugez capables, feront purement émanées & intitulées de l'Acadé-mie, & ſignées du Directeur, du Chancelier, du Recteur en quartier, & du Profeſſeur en mois, ſcel-lées du ſcel de l'Académie, & contre-ſignées par le Secretaire; eſquelles feront ſpecifiez les ouvrages qui auront été preſentez par les Aſpirans lors de leurs Receptions, afin de faire connoître leurs talens, & que l'on ſçache à quel titre ils ont été admis dans l'Académie. Et celui qui ſe trouvera preſider, leur fera prêter le ſerment de garder & obſerver religieu-ſement les Statuts & Reglemens en preſence de l'Aſ-ſemblée; & nul ne ſera cenſé du Corps de ladite Aca-démie qu'il n'ait ſa Lettre de Proviſion, laquelle ne luy ſera délivrée qu'après qu'il aura donné ſon Ta-bleau ou Sculpture pour demeurer à l'Académie.

Art. XVIII. des Statuts, 1655. Deſl. des 2. Decembre 1651. 28. Iuill. 1657.

XIX.

Que pour faire la recette & dépenſe des deniers communs de ladite Académie, elle nommera celui du Corps qui ſera trouvé le plus propre pour cet employ en qualité de Treſorier, lequel aura ſoin de ſolliciter le payement des Penſions du Roy, pour le diſtribuer ſelon l'ordre qui en a été fait par Sa Ma-jeſté; & aura auſſi la direction & principale garde des tableaux, meubles, & uſtanciles de l'Académie, dont

Art. XIV. des Statuts, 1655.

il rendra compte tous les ans en prefence de ceux qui auront été nommez pour cet effet, & ledit Treforier fera changé ou continué tous les trois ans, ainfi que l'Académie eftimera à propos ; & en cas de changement, il aura la qualité, fonction & féance de Confeiller.

XX.

Art. XVI.
des Statuts,
1655.

Que l'Académie choifira deux Huiffiers, qui auront la charge du nettoyement & entretenement des logemens, Peintures & Sculptures, meubles & uftanciles, d'ouvrir, de fermer les portes, & de fervir aux autres befoins & affaires de ladite Académie : Et s'il fe rencontre que lefdits Huiffiers ou l'un d'eux profeffent lefdits Arts, ils auront le privilege de travailler publiquement felon leur capacité fous l'autorité de l'Académie.

XXI.

Art. XVIII.
des Statuts,
1655.
Defl. du 21.
Avril 1663.

Pour empêcher qu'il n'arrive differend ni jaloufie en ladite Académie fous prétexte des rangs & des féances, le Directeur aura la place d'honneur en l'abfence du Protecteur & Vice-Protecteur ; à fa droite feront le Chancelier, le Recteur en quartier, les Recteurs, Profeffeurs, Treforiers, Ajoints, & enfuite les Académiciens felon l'ordre de leur Reception ; & à la gauche dudit Prefident, feront les places deftinées pour les perfonnes de condition & amateurs des Sciences & des beaux Arts, qui feront conviez par ladite Académie, & pour les Confeillers d'icelle.

XXII.

Art. IX.
des Statuts,
1655.

Que dans toutes les Affemblées & Déliberations

pour la Reception de ceux qui fe prefenteront, il n'y aura que le Directeur, Chancelier, les Recteurs, Profeffeurs, Confeillers, Officiers & Ajoints, les Perfonnes de condition & amateurs, aufquels ladite Académie voudra rendre cet honneur, qui pourront avoir voix déliberatives, aufquelles Affemblées & Déliberations les autres Peintres & Sculpteurs feront prefens, fi bon leur femble.

XXIII.

Que les ouvrages defdits Afpirans ayant été examinez, celui qui fe trouvera prefider les interrogera fur toutes les parties defdits ouvrages, & lefdits Afpirans feront tenus d'y répondre, & d'en déduire les raifons, en quoy ils pourront être foutenus par leur Introducteur: & ledit Afpirant étant agréé, l'ouvrage qu'il aura prefenté à l'Académie, demeurera en icelle, fans en pouvoir être ôté fous quelque caufe & prétexte que ce foit.

Defl. du 25. Iuin. 1661.

XXIV.

Qu'il y aura des Prix propofez aux Etudians de l'Académie qui auront été choifis dans l'examen qui s'en fera tous les Samedis de chacune Semaine, fur les deffeins qu'ils auront faits après le Modéle: Et pour cet effet tous les ans, le dernier Samedi de Mars, il fera donné par l'Académie un fujet fur les actions heroïques du Roy à tous les Etudians, pour en faire chacun un deffein qui fera rapporté trois mois après, & fur lequel fera délivré un Prix: Et enfuite ordonné que le fujet fera executé en Peinture, que le Tableau en fera rapporté fix mois aprés, auquel temps

Defl. du 19. Ianu. 1661.

Art. XIX. des Statuts, 1655.

fera délivré le grand Prix Royal à celui qui aura le mieux fait : bien entendu que ledit Tableau demeurera à l'Académie : Et pour le jugement desdits Prix, chacun fera tenu de déduire les raifons de fon avis par billets le plus briévement qu'il fera poffible, lefquels feront examinez & refolus par les Quatre Recteurs.

X X V.

Defl. des 5.
Fevr. 1650.
Innv. 1663.
Il fera tous les ans fait une Affemblée generale dans l'Académie au premier Samedi de Juillet, où chacun des Officiers & Académiciens feront obligez d'apporter quelque morceau de leur ouvrage, pour fervir à décorer le lieu de l'Académie quelques jours feulement, & après les remporter, fi bon leur femble, auquel jour fe fera le changement ou élection defdits Officiers, fi aucuns font à élire, dont feront exclus ceux qui ne prefenteront point de leurs ouvrages, & feront conviez les Protecteurs & Directeurs d'y vouloir affifter.

X X V I.

Art. X X I.
des Statuts,
1663.
Que fi aucun de ceux qui compofent ladite Académie, ou qui y feront reçûs cy-après, venoient à s'en rendre indignes, foit par mépris des Statuts, negligence des emplois qui pourroient leur avoir été donnez, corruption de bonnes mœurs, ou autrement ; en ce cas, il en pourra être deftitué par Déliberation de tout le Corps : même declaré incapable des Privileges qu'il y pourroit avoir acquis auparavant.

X X V I I.

XXVII.

Le Roy ayant accordé à quarante de l'Académie de Peinture & de Sculpture les mêmes Privileges qu'à ceux de l'Académie Françoise, le Directeur, le Chancelier, les quatre Recteurs, les douze Profeſſeurs, le Secretaire, le Treſorier, & ceux de ladite Académie qui rempliront les premieres places, juſqu'au nombre de quarante, joüiront deſdits Privileges leur vie durant: Et lors que quelqu'un viendra à manquer par mort ou autrement, le plus ancien Officier ſuccedera, & joüira des Privileges, & ainſi ſucceſſivement les uns aux autres.

Art. XXI. des Statuts, 1655.

Les preſens Statuts ont été faits & arrêtez par l'ordre exprès du Roy, leſquels Sa Majeſté veut être executez, ayant fait expedier ſes Lettres neceſſaires pour la verification & enregiſtrement d'iceux où beſoin ſera. Fait à Paris le 24. jour de Decembre 1663. Signé, LOUIS. Et plus bas, PHELIPPEAUX.

Regiſtrées en la Chambre des Comptes le 31. jour de Decembre 1663.

Regiſtrées en la Cour des Aydes le 13. jour de Février 1664.

Regiſtrées en Parlement le 14. May 1664.

ARREST DU PARLEMENT
pour la verification des Lettres Patentes.

Du mois de Decembre 1663.

EXTRAIT DES REGISTRES
de Parlement.

ENtre l'Académie Royale des Peintres & Scul-pteurs de la Ville de Paris, Demandeurs en Re-quête du 9. Janvier 1664. d'une part ; & les Maîtres Peintres & Sculpteurs de Paris, Deffendeurs d'autre. Vû par la Cour les Lettres Patentes du Roy données à Paris au mois de Decembre 1663. Signées, LOUIS. Et-sur le reply, Par le Roy, PHELIPPEAUX, & scellées du grand Sceau de cire verte sur lacs de soye rouge & verte, obtenuës par ladite Académie Royale des Peintres & Sculpteurs de la Ville de Paris, par lesquelles & pour les causes y contenuës, ledit Sei-gneur Roy auroit approuvé & confirmé les nouveaux Statuts & Reglemens faits par ses ordres pour la ma-nutention de ladite Académie, & être gardez, ob-servez & executez pleinement selon leur forme & te-neur. Et pour donner d'autant plus de marque de l'estime que ledit Seigneur Roy faisoit de ladite Aca-démie, & de la satisfaction qu'il avoit des fruits & des bons succès qu'elle produisoit journellement, ledit Seigneur auroit confirmé ladite Académie dans

tous les privileges, exemptions, honneurs, prérogatives & prééminences à elles cy-devant attribuez,
& que les prédecesseurs Rois dudit Seigneur avoient
accordé à ceux de cette Profession. Et entant que besoin est ou seroit, ledit Seigneur Roy luy auroit de
nouveau par lesdites Lettres Patentes, accordé tous
lesdits Privileges & Exemptions. A cet effet, & pour
faire observer lesdits Statuts & Reglemens avec plus
d'autorité, & rendre ladite Académie plus considerable, ledit Seigneur auroit mis ladite Académie &
ceux qui en composent le Corps, sous la protection
de son très-cher & feal Chevalier, Chancelier &
Garde des Sceaux de France le sieur Seguier ; & vice-
protection de son amé & feal Conseiller ordinaire en
ses Conseils, & en son Conseil Royal, le sieur Colbert Intendant de ses Finances : Et pour donner plus
de moyens à ladite Académie Royale de subsister, ledit Seigneur par les mêmes Lettres Patentes, luy auroit fait don de la somme de quatre mille livres par
chacun an, pour être lesdits deniers employez au
payement des Pensions des Professeurs, qui vacque-
roient à enseigner lesdits Arts de Peinture & Sculpture, distributions des Prix, payement des Modéles, & autres frais qu'il conviendroit faire pour l'augmentation & entretenement de ladite Académie ; de
laquelle somme de quatre mille livres employ seroit
fait annuellement dans l'état des Bâtimens dudit
Seigneur Roy ; & en consequence ledit Seigneur auroit fait très-expresses inhibitions & deffenses à toutes personnes de quelque qualité & condition qu'elles

foient, d'établir des Exercices publics dudit Art de Peinture & de Sculpture, de troubler ni inquieter ceux de ladite Académie Royale dans leur établiffement, & de contrevenir aufdits Statuts, fur peine de deux mille livres d'amende, même de prendre la qualité de Peintres & de Sculpteurs dudit Seigneur Roy, fous prétexte de Brevets & autres Titres, lefquels ledit Seigneur auroit révoquez par lefdites Lettres, conformément à l'Arreft de fon Confeil du 8. Février 1663. que ledit Seigneur vouloit être executées, fors & excepté à ceux qui feroient du Corps de ladite Académie. Et d'autant que ceux qui compofent icelle avoient des Eleves, lefquels après être demeurez plufieurs années auprès d'eux, ne pouvant parvenir d'être admis à ladite Académie, il ne feroit pas jufte qu'ils euffent perdu leur temps, ledit Seigneur vouloit que le temps qu'ils auroient demeuré chez lefdits Académiciens leur fût compté pour parvenir à la Maîtrife dans toutes les Villes de ce Royaume; & que le Certificat de celui chez qui ils auroient demeuré, approuvé par le Chancelier de ladite Académie, & contre-figné par le Secretaire d'icelle, leur tienne lieu d'Obligé. Lefdites Lettres à la Cour adreffantes; Requête prefentée à ladite Cour par ladite Académie Royale des Peintres & Sculpteurs de la Ville de Paris, afin d'enregiftrement defdits nouveaux Statuts & Lettres Patentes. Ladite Requête de ladite Académie Royale dudit jour neuf Janvier dernier, à ce qu'il fût ordonné, que fans s'arrêter à l'oppofition formée par les Maîtres Peintres & Scul-

pteurs de Paris à l'enregistrement desdites Lettres
Patentes, de laquelle ils seroient debouttez avec dépens, il seroit passé outre audit enregistrement. Arrêt
intervenu à l'Audience le 12. dudit mois de Janvier,
par lequel sur ladite opposition, les Parties auroient
été appointées à bailler Moyens d'opposition, &
écrire & produire pardevers M. François-Jerôme
Tambonneau Conseiller en ladite Cour, & joint ausdites Lettres Patentes pour leur être fait droit.
Moyens d'opposition. Réponses. Productions desdites Parties. Contredits par elles respectivement
fournis suivant l'Arrest du 7. jour de Mars dernier.
Conclusions du Procureur General du Roy; & tout
consideré. LADITE COUR sans s'arrêter à l'opposition desdits Maîtres Peintres & Sculpteurs de cette
Ville de Paris, a ordonné & ordonne, Que lesdites
Lettres seront registrées au Greffe, pour être executées & joüir par les Impetrans de l'effet & contenu
en icelles selon leur forme & teneur; & que les deux
Huissiers qui seront choisis pour le service de l'Académie, en cas qu'ils professent les Arts de Peinture
& de Sculpture, & qu'ils en soient trouvez capables,
auront le Privilege d'y travailler publiquement sous
l'autorité de ladite Académie, pendant le temps de
leur service seulement. Et à l'égard des Eleves de ceux
qui composent ladite Académie, que le temps de
trois ans qu'ils auront demeuré chez les Académiciens, sera réputé suffisant pour temps d'apprentis-
sage, pour parvenir à la Maîtrise desdits Arts en toutes les Villes du Royaume, en rapportant par eux

Certificat de celui defdits Académiciens, chez lefquels ils auront demeuré, renouvellé & vifé par
chacun an par le Chancelier de ladite Académie, &
contre-figné par le Secretaire d'icelle, qui leur tiendra lieu d'Obligé; fans que lefdits Académiciens
puiffent avoir chacun plus d'un Eleve à la fois; & à
la charge qu'ils feront tenus d'inftruire gratuitement
aux Arts de Peinture & Sculpture, les enfans des
Maîtres de Paris. Fait en Parlement le 14. May 1664.
Signé, DU TILLET.

ARREST DE PARLEMENT,

portant deffenses à toutes personnes de prendre la qualité de Peintre du Roy.

Du 12. Decembre 1668.

EXTRAIT DES REGISTRES
du Parlement.

VEu par la Cour la Requête à Elle presentée par les Peintres & les Sculpteurs de l'Académie Royale de cette Ville de Paris, à ce qu'attendu que nul ne doit prendre la qualité de Peintre ordinaire du Roy, s'il n'est de l'Académie Royale; que neanmoins le nommé Pierre le Brun auroit surpris & presenté des Lettres à enregistrer au Prevôt de l'Hôtel de l'un des Peintres-Doreurs en taille-douce de la Garderobbe du Roy, au préjudice des Lettres Patentes de Sa Majesté, qui annuloit toutes ces sortes de Brevets, ils fussent reçûs. Appellans de la Sentence du Prevôt de l'Hôtel du 6. Aoust 1667. les tenir pour bien relevez, ordonner que sur l'appel, les Parties auront Audience au premier jour, & cependant que les Lettres Patentes du Roy données en faveur de l'Académie, & Arrêt de verification d'icelles seroient executez, avec deffenses d'y contrevenir par ledit le Brun & tous autres. Vû aussi les pieces attachées à ladite Requête, signée, P. Fournier Procureur, communiquée à Partie, de l'Ordonnance de la Cour. Oüy le Rapport de Mc Charles Hervé Conseiller. Tout consideré: LA COUR a reçû & reçoit les Supplians Appellans, les tient pour bien relevez, ordonne que sur ledit appel, les Parties auront Audience au premier jour, & cependant seront les Lettres Patentes données en faveur de ladite Académie, Arrêt d'enregistrement d'icelle executez: ce faisant, fait deffenses audit le Brun & à tous autres d'y contrevenir, & de prendre la qualité de Peintre de la Garderobbe du Roy, ni sous ce prétexte faire aucune fonction à peine de trois mille livres d'amende, & de tous dépens, dommages & interêts. Fait en Parlement le 22. Février 1668. Collationné. Signé, ROBERT.

Signifié audit Pierre le Brun parlant à sa personne, le 26. dudit mois.

ARREST DU CONSEIL,

portant deffenses de copier & mouler les Ou-
vrages des Sculpteurs de l'Académie.

Du 21. Juin 1676.

EXTRAIT DES REGISTRES
du Conseil d'Estat.

LE ROY ayant été informé que quelques-uns des Maîtres Sculpteurs de la Ville de Paris, sous prétexte des Privileges qu'ils prétendent avoir obtenus pour mouler leurs propres ouvrages, entreprennent de faire mouler & contre-faire ceux des Sculpteurs de l'Académie Royale de Peinture & de Sculpture, & par leur ignorance en corrompent la beauté, & en changent même souvent l'ordonnance, y ajoûtant ou diminuant selon les places où ils les veulent mettre, & étant ainsi contre-faits, les debitent sous le nom des Sculpteurs de l'Académie, ce qui fait un tort considerable à la réputation, que leur travail & étude leur ont acquise, & trompent le public ; à quoy étant necessaire de pourvoir. SA MAJESTÉ ESTANT EN SON CONSEIL, en confirmant les Privileges qu'Elle a cy-devant accordez à ladite Académie, a fait & fait très-expresses inhibitions & défenses à tous les Sculpteurs, Mouleurs & autres de quelque qualité & condition, & sous quelque prétexte que ce puisse être, de mouler, exposer en vente,

M

ni donner au public aucuns Ouvrages defdits Sculpteurs de l'Académie Royale de Peinture & de Sculpture, ni copie d'iceux, lorfqu'ils fe trouveront mar-
quez de la marque de ladite Académie, & non autrement, fans avoir permiffion de celui qui les aura faits,
à peine de mille livres d'amende, & de tous dépens,
dommages & interefts. Fait au Confeil d'Etat du Roy,
Sa Majefté y étant. Donné au Camp de Kicurain le
21. Juin 1676. Signé, COLBERT.

LOUIS par la grace de Dieu Roy de France &
de Navarre: Au premier notre Huiffier ou Sergent fur ce requis. Nous te mandons & commandons par ces Prefentes fignées de notre main, que
l'Arreft dont l'Extrait eft cy-attaché fous le contre-
fcel de notre Chancellerie, ce jourd'huy donné en
notre Confeil d'Etat, Nous y étant: Tu fignifies à
tous qu'il appartiendra, afin qu'ils n'en prétendent
caufe d'ignorance, & fais pour l'entiere execution
d'icelui & des deffenfes y portées; tous Commandemens, Sommations & autres Actes & Exploits requis
& neceffaires, fans demander autre permiffion; Car
tel eft notre plaifir. Donné au Camp de Kicurain le
21. Juin 1676. & de notre Regne le trente-quatre.
Signé, LOUIS, & plus bas, Par le Roy, COLBERT.
Et fcellez du grand Sceau de cire jaune.

Signifié à la Communauté des Maîtres Peintres & Sculp-
teurs, en parlant à   *Silvain, Juré &*
Garde, le 28. Juillet 1676. Signé, RAMET.

LETTRES

LETTRES PATENTES DU ROY,

du mois de Novembre 1676. regiſtrées au Parlement le 22. Decembre ſuivant, pour l'établiſſement des Ecoles Academiques de Peinture & Sculpture dans toutes les Villes du Royaume où elles ſeront jugées neceſſaires.

LOUIS par la grace de Dieu Roy de France & de Navarre, à tous preſens & à venir : SALUT. La ſplendeur & la felicité d'un Etat ne conſiſtant pas ſeulement à ſoutenir au dehors la gloire des armes, mais auſſi à faire éclater au dedans l'abondance des richeſſes, fleurir l'ornement des Sciences & des Arts ; Nous avons été portez dès il y a pluſieurs années à établir, outre pluſieurs Académies, tant pour les Lettres, que pour les Sciences, une particuliere pour la Peinture & la Sculpture, dont ceux qui en font profeſſion nous ont rendu & rendent encore tous les jours de bons & agreables ſervices, par les excellens ouvrages dont ils ont orné & enrichi toutes nos Maiſons Royales. Et comme nous avons été informez par notre très-cher & feal Conſeiller ordinaire en tous nos Conſeils, le Sieur Colbert Surintendant & Ordonnateur general de nos Bâtimens, Arts & Manufactures, que par la bonne conduite des Officiers de ladite Académie de

M ij

Peinture & Sculpture ; il y avoit lieu de rendre encore plus univerfel le fruit que ladite Académie a
produit dans notre bonne Ville de Paris, en l'éten-
dant dans tout le refte de notre Royaume par l'é-
tabliffement de quelques Ecoles Académiques en
plufieurs autres Villes, fous la conduite & admini-
ftration des Officiers de ladite Académie Royale,
étant à croire que cela pourroit cultiver divers bons
Eleves, qui par cette éducation fe rendroient capables de nous rendre fervice, & de parvenir à la
réputation de leurs Maîtres : ce qui fe pourroit faire avec beaucoup de fuccès, s'il nous plaifoit ap-
prouver certains Articles & Reglemens au nombre
de dix, qui nous ont été prefentez pour cet effet,
& en confequence de cette approbation, avoir
agreable d'octroyer fur ce nos Lettres neceffaires.
A ces causes, ayant égard à l'utilité que nos
Sujets peuvent recevoir defdites Ecoles Académiques, & inclinant à la priere de notre cher & feal
ledit Sieur Colbert ; defirant auffi favorablement
traiter ladite Académie Royale, & faire obferver
les fufdits Reglemens cy-attachez fous le contre-
fcel de notre Chancellerie. Nous avons de notre
grace fpeciale, pleine puiffance & autorité Royale,
permis, approuvé & autorifé, permettons approuvons & autorifons par ces prefentes fignées de notre
main, l'établiffement defdites Ecoles Académiques :
Voulons qu'elles fe tiennent déformais dans toutes
les Villes où il fera jugé neceffaire, fous le nom
d'Ecoles Académiques de Peinture & Sculpture ;

que ledit Sieur Colbert en soit le Chef & Protecteur, qu'il en autorise les Statuts & les Reglemens, sans qu'il soit besoin d'autres Lettres de
Nous que les Presentes, par lesquelles nous confirmons dès maintenant comme pour lors, tout ce
qu'il fera pour ce regard. Si DONNONS EN MAN-
DEMENT à nos amez & feaux Conseillers les Gens
tenans notre Cour de Parlement à Paris, Maîtres
des Requêtes ordinaires de notre Hôtel, & à tous
autres nos Justiciers & Officiers qu'il appartiendra,
qu'ils souffrent & fassent joüir desdits établissemens
& du contenu ausdits Articles, pleinement & paisiblement tous ceux qui seront préposez ausdites
Ecoles & leurs successeurs; faisant cesser tous troubles & empêchemens qui leur pourroient être donnez. Et pour ce que l'on pourra avoir affaire des
Presentes en divers lieux; Nous voulons qu'aux
copies collationnées par un de nos amez & feaux
Conseillers & Secretaires, foy soit ajoûtée comme à
l'original. MANDONS au premier notre Huissier
ou Sergent sur ce requis, de faire pour l'execution
d'icelles, tous Exploits necessaires, sans demander
autre permission. CAR tel est notre plaisir, nonobstant oppositions ou appellations quelconques,
pour lesquelles nous ne voulons qu'il soit differé,
dérogeant pour cet effet à tous Edits, Déclarations,
Arrests, Reglemens & autres Lettres contraires aux
Presentes. Et afin que ce soit chose ferme & stable
à toujours, nous y avons fait mettre notre scel,
sauf en autres choses notre droit & l'autrui en tou-

tes. Donné à S. Germain en Laye au mois de Novembre, l'an de grace mil six cens soixante-seize, &
de notre regne le trente-quatriéme. Signé, LOUIS.
Et sur le reply, COLBERT. Scellées du grand sceau
de cire verte en lacs de soye rouge & verte, &
contre-scellées. *Visa*, DALIGRE, avec ces mots:
Pour établissement d'Ecoles Académiques dans les Villes
du Royaume.

Regiſtrées, oüy le Procureur General du Roy, pour être
executées selon leur forme & teneur, suivant l'Arreſt de ce
jour. A Paris en Parlement le 22. Decembre 1676.
Signé, DONGOIS.

REGLEMENT

POUR L'ETABLISSEMENT

des Ecoles Académiques de Peinture & Scul-
pture dans toutes les Villes du Royaume où
elles seront jugées necessaires.

COmme il a plû au Roy d'accorder à l'Académie Royale de Peinture & de Sculpture, la
permiſſion d'avoir divers lieux en differens endroits
de la Ville de Paris, pour faire les exercices du modéle sous les ordres & la direction des Officiers qui
la conduisent; & que pour favoriser davantage l'in-

ſtruction des Etudians, Sa Majeſté a bien voulu entretenir une Ecole Académique dans la Ville de Rome ſous la conduite des Officiers qu'Elle y envoye. Ladite Académie Royale jugeant qu'il ſeroit très-utile d'établir en diverſes Villes du Royaume des Ecoles Académiques qui dépendront d'Elle, tant parce qu'il y a en pluſieurs endroits quantité de curieux & d'amateurs de la Peinture & Sculpture qui deſireront s'inſtruire, & faire inſtruire leurs enfans dans la connoiſſance & la pratique de ces Arts, & qu'il s'en pourroit trouver quelques-uns qui étant cultivez ſe rendroient capables de ſervir utilement le Roy. Ladite Académie a réſolu que la propoſition de ces établiſſemens ſeroit preſentée à Monſeigneur Colbert ſon Protecteur, ce qui ayant été fait, & ladite propoſition ayant été par luy agréé; la même Académie aſſemblée pour déliberer ſur leſdits établiſſemens, a dreſſé les Articles ſuivans, pour être preſentez à Sa Majeſté.

I.

Que leſdites Ecoles Académiques ſeront ſous la protection du Protecteur de l'Académie Royale, & qu'on choiſira pour Vice-Protecteur, telle perſonne de qualité éminente qu'il ſera trouvé à propos dans tous les lieux où leſdites Ecoles ſeront établies.

II.

Que leſdites Ecoles ſeront gouvernées & conduites par les Officiers que l'Académie Royale commettra, lefquels feront tenus de fe conformer à la difcipline de ladite Académie, & de fuivre les préceptes & manieres d'enfeigner qui y feront refolus.

III.

Que s'il arrivoit conteftation entre les fufdits Officiers dans les exercices defdites Ecoles Académiques touchant les Arts qui y font enfeignez, ou l'inftruction des Etudians, ils feront tenus d'en informer inceffamment l'Académie Royale, afin que lefdites conteftations y foient décidées.

IV.

Qu'il fera permis aux Officiers commis pour la conduite defdites Ecoles, de fe faire foulager dans les exercices ordinaires, par des gens capables qu'ils pourront rencontrer dans lefdites Villes, aufquelles ils donneront la qualité d'Ajoints ou Aides, & qui participeront à leurs Privileges dans lefdites Villes feulement.

V.

Tiré des art. 4. des Statuts de 1663.

Que le lieu où lefdits exercices fe feront étant confacré à la Vertu, fera en finguliere veneration à tous ceux qui y feront admis, & à la Jeuneffe qui y fera enfeignée ; en forte que s'il arrivoit que quelqu'un vînt à blafphemer le faint Nom de Dieu, ou parler de la Religion & des chofes faintes par dérifion & avec irréverence, ou proferer des paroles deshonnêtes, il fera banni defdites Ecoles.

VI.

Que l'on ne parlera dans lefdites Ecoles, que des Arts de Peinture & de Sculpture & de leurs dé- pendances, & qu'on n'y pourra traiter d'aucune autre matiere.

Du 3. art. defdits Sta- tuts de 1663.

VII.

Qu'excepté les Dimanches & les Fêtes lefdites Ecoles feront ouvertes tous les jours de la femaine à la Jeuneffe & aux Etudians, pour y deffigner l'efpace de deux heures, & profiter des Leçons qu'on y fera, tant fur le Modéle qui fera mis en attitude par les Profeffeurs, que fur la Geometrie, la Perfpective & l'Anatomie.

Du 4. art. defdits Sta- tuts de 1663.

VIII.

Que les Officiers defdites Ecoles communique- ront à l'Académie quatre fois l'année pour le moins, les Ouvrages de leurs Etudians, tant ceux de leurs Etudes ordinaires, que ceux qu'ils feront pour les prix, qui pourront leur être diftribuez.

IX.

Que pour la difcipline & les Reglemens parti- culiers que les Etudians devront obferver, les Offi- ciers qui feront commis aufdites Ecoles Académi- ques les regleront entre eux, felon l'ufage & la commodité des lieux, & fuivant ceux qui font éta- blis à l'Académie Royale, dont copie leur fera donnée. Signez, Le Brun, premier Peintre du Roy, Chancelier & principal Recteur de l'Académie, Anguier, Girardon, Marcy, C. Beaubrun, G. de Seve, Bernard, Ferdinand, Testelin, Regnaudin, Paillet, Coypel, de Champagne, P. de Seve, Blanchard, de la Fosse, le Hongre, Raon, Houasse, Baptiste, Tuby, Migon, Rousselet, Yvart, Tortebat, Rabon, Silvestre, Friquet.

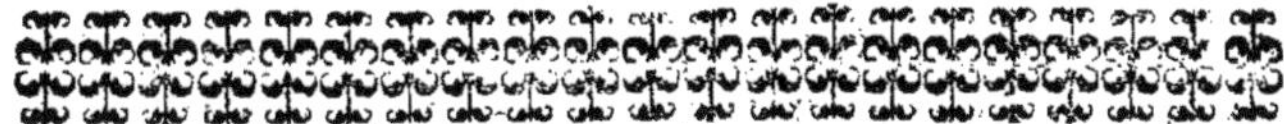

LETTRES PATENTES DU ROY,

du mois de Novembre 1676. regiſtrées au Parlement le 22. Decembre ſuivant, pour la Jonction de l'Académie Royale de Peinture & Sculpture de France, avec l'Académie du Deſſein de Rome.

LOUIS, par la grace de Dieu Roy de France & de Navarre, à tous preſens & à venir : SALUT. Les travaux que nous nous ſommes impoſez depuis le temps que nous avons pris en main le gouvernement de notre Royaume, pour la correction, la réformation & le bon reglement des ordres de notre Etat, & ceux que nous avons été obligez de prendre pour ſoutenir la guerre, ou que nous avons été obligez d'entreprendre, ou qui nous a été ſuſcitée par la malice de nos Ennemis, & par l'extrême jalouſie qu'ils ont pris de la gloire de notre regne, ne nous ont pas empêché de penſer à cultiver & à attirer dans notre Royaume, tout ce que les Sciences & les beaux Arts peuvent contribuer à la gloire & à l'ornement de notre regne. C'eſt pour cette raiſon que nous avons bien voulu prendre ſous notre protection l'Académie Françoiſe, & la loger dans notre propre Palais, & que nous avons établi les Académies de Peinture, Sculpture

N

& Architecture. Ce qui nous a si bien réüssi, qu'outre tous les grands & beaux Ouvrages qui sont sortis des mains de ces excellens Ouvriers que nous avons élevez, nous avons encore eu la satisfaction de voir que l'Académie de Rome, dite de Saint-Luc, qui a toûjours été reconnuë pour celle qui a produit tous les grands Sujets qui ont paru depuis deux siecles dans ces beaux Arts, a crû qu'elle pouvoit recevoir quelque lustre en choisissant pour son Prince & Chef le sieur le Brun notre premier Peintre, Chancelier & principal Recteur de l'Académie Royale de Peinture & Sculpture établie dans notre bonne Ville de Paris. Et d'autant que cette élection peut donner un commencement de commerce & de communication entre les deux Académies, nous avons agreablement reçû les propositions qui nous ont été faites par notre amé & feal le Sieur Colbert, Conseiller en tous nos Conseils, & en notre Conseil Royal, Surintendant & Ordonnateur general de nos Bâtimens, Arts & Manufactures, de donner nos Lettres de Jonction desdites deux Académies, afin que par la communication réciproque que cette Jonction leur donnera, elles puissent mutuellement contribuer à élever ces Arts au plus haut point qu'ils ayent jamais été portez: Et pour cet effet ledit Sieur Colbert nous auroit presenté plusieurs Articles concernant ladite Jonction, sur lesquels il nous auroit très-humblement supplié d'accorder nos Lettres Patentes. A quoy inclinant, Nous avons de notre grace speciale, pleine puissance & autorité Royale, permis,

approuvé & autorisé; permettons, approuvons &
autorisons par ces Presentes signées de notre main,
lesdits Articles de Jonction cy-attachez sous le con-
tre-scel de notre Chancellerie. Voulons qu'ils soient
inviolablement gardez & observez de point en point
selon leur forme & teneur, sans qu'il y puisse être
cy-après contrevenu. Ordonnons audit Sieur Colbert, Surintendant & Ordonnateur general de
nos Bâtimens, Arts & Manufactures, d'y tenir
soigneusement la main. Si DONNONS EN MANDE-
MENT à nos amez & feaux Conseillers les Gens tenans notre Cour de Parlement de Paris, Maîtres
des Requêtes ordinaires de notre Hôtel, & à tous
autres nos Justiciers & Officiers qu'il appartiendra,
qu'ils fassent lire & regiftrer ces Presentes, & joüir
de toutes les choses qui y sont contenuës, aussi-bien
qu'ausdits Articles, pleinement & paisiblement tous
ceux qui y auront droit, & leurs successeurs; faisant
cesser tous troubles & empéchemens qui leur pourroient être donnez. Et pour ce que l'on pourra avoir
affaire des Presentes en divers lieux, Nous voulons
qu'aux copies collationnées par un de nos amez &
feaux Conseillers & Secretaires foy soit ajoûtée comme à l'original. MANDONS au premier notre Huis-
fier ou Sergent sur ce requis de faire pour l'execution d'icelles, tous Exploits necessaires, sans demander autre permission. CAR tel est notre plaisir, nonobstant oppositions ou appellations quelconques,
pour lesquelles nous ne voulons qu'il soit differé,
dérogeant pour cet effet à tous Edits, Declarations,

Arrefts, Reglemens & autres Lettres contraires aux Prefentes. Et afin que ce foit chofe ferme & ftable à toujours, Nous y avons fait mettre notre fcel, fauf en autres chofes notre droit & l'autrui en toutes. DONNE' à S. Germain en Laye au mois de Novembre, l'an de grace mil fix cens foixante-feize, & de notre regne le trente-quatriéme. Signé, LOUIS. Et fur le reply, COLBERT. Scellées du grand fceau de cire verte en lacs de foye rouge & verte, & contre-fcellées. *Vifa*, DALIGRE, avec ces mots: *Pour la Jonction des Académies de Paris & de Rome.*

Regiftrées, oüy le Procureur General du Roy, pour être executées felon leur forme & teneur, fuivant l'Arreft de ce jour. A Paris en Parlement le 22. Decembre 1676. Signé, DONGOIS.

ARTICLES

POUR LA JONCTION DE *l'Académie Royale de Peinture & Sculpture de France, avec l'Académie du Deffein de Rome*

I.

QUE les Princes & Protecteurs des deux Académies feront priez d'étendre leur protection fur chacune d'Elles; qu'en cette confideration, on leur rendra de part & d'autre les honneurs &

reſpects qui leur ſeront dûs en toute rencontre, &
que pour cet effet on gardera reſpectueuſement leurs
Portraits expoſez en chacune des deux Académies :
Sçavoir, en celle de Paris le Portrait du Protecteur
de Rome, & en celle de Rome, celui du Protecteur
de l'Académie de Paris.

II.

Que ceux qui auront acquis la premiere dignité en
l'Académie de Rome, pourront être admis par un
acte de conceſſion à la qualité de Recteurs de l'Académie Royale de France, & qu'en cette qualité ils pourront agir dans l'Académie Françoiſe établie à Rome,
en cas de maladie ou d'abſence du Directeur François, pourvû qu'ils ayent auparavant prêté ſerment
entre les mains de Monſieur l'Ambaſſadeur de France, de ſervir fidelement le Roy, & d'obſerver les Statuts de l'Académie de France : lequel Recteur pourra
être changé ou continué tous les ans, & en cas de
changement, il aura la qualité de Conſeiller, & donnera ſon ſuffrage aux élections des Officiers de l'A-
cadémie de France.

III.

Que la fonction dudit Rectorat pendant les trois
mois qu'il devra l'exercice en l'Académie Royale de
France, ſera faite par le moyen d'un des Ajoints à ladite Charge, ſuivant l'ordre établi en cas d'abſence,
& la rétribution attachée à cette fonction ſera parta-
gée également entre le Recteur Romain & l'Ajoint
qui en aura fait l'exercice à Paris.

IV.

Que les Académiciens qui auront été reçûs dans

les Charges de l'Académie de Rome, pourront être admis aux Charges de l'Académie de France, quand ils y feront prefens, & qu'ils justifieront leur reception en celle de Rome; comme réciproquement les Officiers de l'Académie Royale pourront être reçûs en l'Académie Romaine, lorfqu'ils y feront prefens, & qu'ils feront apparoître de leur reception en celle de France.

V.

Que neanmoins ceux qui feront reçûs en l'une des deux Académies ne pourront entrer dans l'autre en qualité d'Académiciens, ni joüir de fes Privileges, qu'ils n'y ayent de nouveau fubi l'examen, & ne fe foient foumis à fes Reglemens touchant les receptions.

VI.

Que les Etudians qui auront remporté quelque prix en l'Académie de Rome, pourront étant à Paris joüir des mêmes avantages que ceux de l'Académie Royale, comme d'être admis à deffigner fur le Modéle, & autres chofes femblables dont joüiffent les Etudians de l'Académie Royale de France, lefquels pourront réciproquement entrer en la difpute des prix, & generalement en tous les exercices de l'Académie de Rome, pourvû qu'ils ayent un Certificat figné des Officiers d'icelle, & qu'ils fe foumettent aux ordres & à la difcipline établie dans lefdites Académies.

VII.

Que dans les conteftations qui pourront arriver aux Conferences fur les raifonnemens de la Peinture & de la Sculpture, on fe communiquera réciproquement fes fentimens de part & d'autre, pour plus

grande émulation, & qu'à cet effet les Secretaires des
deux Académies mettront soigneusement par écrit
les questions qui seront agitées, avec les raisons & di-
verses opinions qui auront été proposées, & cette
communication se fera tous les trois mois.

VIII.

Qu'il sera libre à toutes les deux Académies, lors
qu'elles jugeront à propos, de faire l'élection de leur
Prince ou Chef, d'admettre dans le nombre des Sujets qu'elles trouveront dignes de cet honneur, telles
personnes qu'il leur plaira, quoy qu'absente, pourvû qu'il y ait quelqu'un de present pour faire la fonction en sa place : pour cet effet, chacune desdites Académies se donnera réciproquement une Liste de ceux
qui pourront meriter cette dignité, laquelle Liste se
recommencera deux mois avant que l'on renouvelle
la boussole, afin d'y pouvoir enfermer les noms qu'on
aura choisis, entre lesquels se trouvera toujours une
personne de l'Académie Romaine, lorsque l'élection
du Chef se fera en l'Académie de France, & réciproquement de l'Académie Françoise, lorsque l'Académie de Rome fera l'élection de son Prince, observ-
ant de tirer ces noms au sort en la maniere accoû-
tumée, & de donner avis aussi-tôt après à l'autre
Académie, de la personne à qui la Charge sera échûë;
& quoy que tout ce que dessus soit proprement imi-
té des coutumes de l'Académie de Rome, celle de
France neanmoins ne laissera pas de s'y conformer
en tout & par tout à l'égard desdites élections, ayant
bien voulu d'elle-même s'accommoder en cela aux
Statuts de la susdite Academie.

IX.

Que les deux Académies fe communiqueront leurs Ouvrages par le moyen de leur Deſſeins, Eſtampes ou Modéles, ce qui fera d'autant plus avantageux pour les habiles gens, que par ce moyen leur capacité & leur merite en feront connus davantage.

X.

Qu'on entretiendra un commerce de bien-veillance, par des témoignages réciproques de felicitation & de condoleance en tous les cas neceſſaires, dont on aura pour cet effet le foin de s'avertir, fe procurant en outre les uns aux autres autant qu'il fe pourra, la faveur & les bienfaits des Princes & Seigneurs Protecteurs, & generalement de tous les amateurs defdites Académies, afin de conferver ainſi une correfpondance d'amitié par la part que lefdites Académies prendront réciproquement aux interefts l'une de l'autre. Signez, LE BRUN, premier Peintre du Roy, Chancelier & principal Recteur de l'Académie, ANGUIER, GIRARDON, MARCY, C. BEAUBRUN, G. DE SEVE, BERNARD, FERDINAND, TESTELIN, REGNAUDIN, PAILLET, COYPEL, DE CHAMPAGNE, P. DE SEVE, BLANCHARD, DE LA FOSSE, LE HONGRE, RAON, HOUASSE, BAPTISTE TUBY, MIGON, ROUSSELET, YVART, TORTEBAT, RABON, SILVESTRE, FRIQUET.

ARREST.

ARREST DU CONSEIL D'ETAT

en faveur des sieurs Audran, Picart le Romain, &
Giffart Graveurs de l'Académie Royale de Peinture &
de Sculpture.

Du 17. Avril 1703.

VEu au Conseil d'Etat du Roy, la Requête
présentée en icelui par les nommez Audran,
Picart le Romain, & Giffart Graveurs de l'Académie Royale de Peinture & de Sculpture; contenant
que Sa Majesté a établi l'Académie pour former
des hommes habiles dans la Graveure, aussi-bien
que dans la Peinture & dans la Sculpture, & pour
porter ces Arts au plus haut degré de perfection
qu'il est possible, Sa Majesté, lors de l'établissement de l'Académie a accordé plusieurs Privileges
en faveur de ceux qui y seroient admis, & voulant
que les Peintres, les Sculpteurs & les Graveurs qui
seroient de l'Académie fussent distinguez des autres Maîtres des mêmes Arts, en ce qui regarde
l'exercice de leur Profession, Sa Majesté, par l'Article VI. des Statuts de l'Académie, declare les Académiciens exempts de toutes Visites, Sa Majesté a
donné encore des marques de sa protection pour
ceux qui ont l'honneur d'être membres de l'Académie, & de l'attention qu'Elle a à leur conserver
une indépendance parfaite & une liberté entiere
dans leur travail, lors qu'en l'année 1694. Sa Ma-

O

jefté a jugé à propos de donner des Statuts à la Communauté des Imprimeurs en Taille-douce, qui avoient été érigez & établis en Corps de Maîtrise & Jurande dès l'année 1691. Sa Majesté declare dans l'Article x 1. des Statuts de cette nouvelle Maîtrise, qu'Elle n'entend pas que les Maîtres Graveurs établis aux Galleries du Louvre & aux Gobelins, & les six de l'Académie Royale de Peinture & de Sculpture, soient sujets à la Communauté des Imprimeurs pour les Ouvrages de leurs mains, qu'ils pourront faire imprimer chez eux comme bon leur semblera, Nonobstant la disposition de cet Article, les Maîtres Jurez Imprimeurs ont prétendu avoir droit d'aller en Visite chez lesdits Audran, Picart le Romain, & Giffart Graveurs de l'Académie, & ceux-cy ne l'ayant pas voulu souffrir, pour ne pas donner d'atteinte à leurs Privileges, les Imprimeurs leur firent donner Assignation le   pardevant le sieur Lieutenant General de Police, qui a rendu une Sentence contradictoire le 9. Decembre 1702. par laquelle il est ordonné que les Statuts, Arrests & Reglemens seront executez selon leur forme & teneur, & en consequence que les Planches qui seront entierement gravées par les Graveurs de l'Académie seront imprimées par tels Compagnons qu'ils voudront choisir; & à l'égard des Planches dont ils auront fait le visage en entier & le premier trait du surplus des figures, mais dont le reste aura été achevé par leurs Ouvriers demeurans chez eux, & non ailleurs, les Parties se pourvoiront au Conseil en interpretation d'Arrests ; cependant par provision, les Graveurs de l'Académie feront imprimer les Ouvrages de la qualité susdite par tels Compagnons qu'ils aviseront bon être ; & à l'égard des Planches qu'ils auront achetées, ou de celles dont ils n'auront point fait le visage & le premier trait du surplus des figures de leur propre main, feront tenus de les faire imprimer chez eux par les Maîtres Imprimeurs. Cette Sentence comprend trois sortes d'Ouvrages ; les premiers, ceux que les Graveurs ont faits entierement : les seconds, ceux dont ils auront fait les principales parties ; & les troisiémes, ceux où ils n'ont rien fait. La Sentence maintient diffinitivement les Graveurs de l'Académie dans une pleine liberté à l'égard des Ouvrages de la premiere sorte ; elle les maintient aussi dans une pleine liberté à l'égard des Ouvrages de la seconde sorte, mais seulement par provision ; & à l'égard des Ouvrages de la troisiéme sorte, elle leur ôte la liberté dont ils ont toujours joüi, & les assujettit à la Communauté des Maîtres Imprimeurs. Ce dernier chef de la Sentence de Police détruit le principal Privilege des Académiciens, en obligeant les Graveurs de l'Académie de faire imprimer par les Maîtres Imprimeurs les Ouvrages qu'ils achetent le plus souvent par simple curiosité. Cette obligation exposeroit continuellement les Graveurs de l'Académie à des procès & à des contestations inévitables, qui les détourneroient de l'application qu'ils doivent donner à perfectionner leur Art de plus en plus, en ce qu'il arriveroit frequemment qu'un Graveur de l'Académie, qui auroit acheté une Planche d'un habile Maître, ou d'un ancien Maître François, ou des Pays étrangers, sur la réputation de ce Maître, voulant voir l'effet de sa Planche, en feroit tirer par son Compagnon ordinaire une Estampe sur une de ses presses, & que dans ce moment les Jurez des Maîtres Imprimeurs viendroient chez luy, ainsi qu'il leur est permis par la Sentence, pour voir s'il ne feroit point imprimer d'autres Ouvrages que les siens par ses Compagnons; & ils le trouveroient en contravention. Si d'un autre côté un Graveur de l'Académie vouloit faire part au public d'une Planche exquise & parfaite, soit d'un ancien Maître de France, soit d'un habile Maître étranger, il faudroit pour executer la Sentence, ou qu'il fist démonter une de ses presses pour mettre à la place celle du Maître Imprimeur dont il voudroit se servir, ou qu'il confiât sa planche au Maître Imprimeur pour l'imprimer chez luy, & il se trouveroit obligé à faire cesser le travail d'une de ses presses, & de payer son Compagnon pendant qu'il ne feroit rien, ou à faire courir à sa Planche tous les risques & tous les mauvais évenemens qui pourroient luy arriver entre les mains d'un Ouvrier peu habile qui n'en connoîtroit pas le merite & le prix, & qui étant assûré de son payement, ne se mettroit pas en peine d'en tirer les Estampes avec tout le soin qui seroit neceſſaire, pour en faire paroître toute la délicateſſe & toute la beauté de l'Ouvrage ; les Supplians oſent eſperer que Sa MaꞋjeſté, qui a eu en vûë, en établiſſant l'Académie, de donner au génie des perſonnes qui s'appliꞋquent à cultiver les Arts, toute la liberté necefꞋſaire pour parvenir à la perfection, & qui a acꞋcordé des Privileges ſi avantageux en faveur des Maîtres qui ſeroient jugez aſſez habiles pour être admis à l'Académie, voudra bien les décharger de l'aſſujetiſſement auquel ils ſe trouveroient engagez par l'execution de la Sentence de Police dont il s'agit. A CES CAUSES, requeroient qu'il plût à Sa Majeſté, caſſer & annuller ladite Sentence de Police du 9. Decembre 1702. ce faiſant, mainteꞋnir les Graveurs de l'Académie dans les Honneurs & Privileges qu'il a plû à Sa Majeſté de leur acꞋcorder, & en conſequence ordonner que les GraꞋveurs de l'Académie pourront imprimer ou faire imprimer tant leurs propres Ouvrages, que ceux qui ſeront faits chez eux par leurs Eleves, ComꞋpagnons & Ouvriers ; enſemble les Planches des anciens Maîtres de l'Académie & autres, & des Maîtres étrangers, à eux appartenantes, ſans être obligez pour cela de ſe ſervir des Maîtres ImpriꞋmeurs, faire deffenſes auſdits Maîtres ImpriꞋmeurs & aux Jurez de leur Communauté, de faire aucune Viſite chez les Graveurs de l'AcadéꞋmie, ſous quelque prétexte que ce ſoit. Vû auſſi les Statuts & Privileges accordez en l'année 1651, en faveur de l'Académie de Peinture & Sculpture; dont les Graveurs font partie, les Statuts des Maîtres Imprimeurs en Taille-douce de l'année 1694. ladite Sentence de Police du 9. Decembre 1702. Le tout vû & confideré, oüy le Rapport du fieur Chamillart Confeiller ordinaire au Confeil Royal, Contrôleur General des Finances: LE ROY EN SON CONSEIL, ayant égard à ladite Requête, fans s'arrêter à la Sentence de Police du 9. Decembre 1702. a ordonné & ordonne, conformément aux Statuts & Privileges de l'Académie Royale de Peinture & de Sculpture, que lefdits Audran, Picart le Romain, & Giffart Graveurs, eux & autres qui font & feront de ladite Académie, pourront imprimer ou faire imprimer par qui bon leur femblera, tant les Ouvrages de leurs mains, que ceux de leurs Eleves, Compagnons & Ouvriers, & les Planches des anciens Maîtres François, ou des Maîtres étrangers, à eux appartenantes, foit pour en tirer des Eftampes pour leur ufage particulier, ou pour en faire commerce. Fait Sa Majefté deffenfe aux Jurez de la Communauté des Maîtres Imprimeurs en Taille-douce, & à tous autres Maîtres de la même Communauté d'entreprendre de faire aucune Vifite chez lefdits Audran, Picart le Romain, & Giffart Graveurs de l'Académie, fous quelque prétexte que ce foit, à peine de cent livres d'amende, & de tous dépens, dommages & interefts. Enjoint Sa Majefté au Sieur Lieutenant General de Police à Paris,

de tenir la main à l'execution du preſent Arreſt.
Fait au Conſeil d'Etat du Roy, tenu à Verſail-
les le 17. Avril 1703. Collationné. Signé, Du
Jardin.

A La requête de Mᵉ Joſeph Lauthier Avocat
ès Conſeils du Roy, & des ſieurs Audran,
Picart le Romain, & Giffart Graveurs de l'Académie Royale de Peinture & Sculpture, ſoit ſignifié
& baillé copie au ſieur Compoint Syndic de la
Communauté des Maîtres Imprimeurs en Taille-
douce de Paris, tant pour luy, que pour les autres
Maîtres Imprimeurs ſes Conſors, membres de ladite Communauté, de l'Arreſt du Conſeil d'Etat
du Roy rendu à Verſailles le 17. du preſent mois
d'Avril, qui a jugé en faveur deſdits ſieurs Graveurs de l'Académie Royale, les conteſtations d'entre les Parties, aux fins y contenuës, & des deffenſes y portées, à ce que leſdits ſieurs Compoint &
Conſors ayent à s'y conformer, à peine de l'amende y mentionnée, & de tous dépens, dommages
& intereſts, dont Acte.

LE vingt-quatriéme Avril 1703. ſignifié & laiſſé copie
du preſent Arreſt & Acte cy-deſſus aux fins y conte-
nuës, & réiteré les deffenſes & peines y portées audit ſieur
Compoint Syndic de la Communauté des Maîtres Impri-
meurs en Taille-douce de Paris, tant pour luy, que pour
les autres Maîtres ſes Conſors, en ſon domicile à Paris au

haut de la ruë S. Jean de Beauvais, parlant à sa femme, à ce qu'il n'en ignore, par nous Huissier ordinaire du Roy en ses Conseils. Signé, SALLE', avec paraphe.

L'original de l'Arrest & Acte cy-dessus a été mis & déposé dans les Archives de l'Académie Royale de Peinture & de Sculpture, pour y avoir recours quand besoin sera, suivant la déliberation du Samedy 28. Avril 1703.

ARREST

ARREST DU CONSEIL D'ETAT,

qui décharge les Peintres & Sculpteurs de l'Ecole Académique de Bourdeaux, & tous autres Académiciens de Peinture & Sculpture établis dans les Provinces du Royaume, du payement des sommes pour lesquelles ils ont été compris dans les Rôles de répartition de celles que les Peintres & Sculpteurs desdites Provinces doivent payer, avec deffenses de les poursuivre pour raison de ce

Du 12. Janvier 1706.

EXTRAIT DES REGISTRES
du Conseil d'Etat.

SUr la Requête presentée au Roy en son Conseil par les Directeurs de l'Académie de Peinture & Sculpture ; Contenant, qu'en consequence des Lettres Patentes du mois de Novembre 1676. ladite Académie a fait avec succès l'établissement d'une Ecole Académique à Bourdeaux, & les Supplians esperent l'augmenter sous l'autorité de Sa Majesté ; mais les Peintres & Sculpteurs de ladite Ecole se trouvent troublez par les Corps de Mêtiers de ladite Ville de Bourdeaux : car quoique tous ceux qui composent ladite Académie, ne puissent être répu-

P

tez faire partie defdits Corps de Mêtiers ; cependant Sa Majefté ayant ordonné que les Corps de Mêtiers des Villes du Royaume feroient taxez pour la confirmation de l'heredité des Offices de Syndics & d'Auditeurs de leurs Comptes, & pour la réünion des Offices de Tréforiers de leurs Bourfes communes, les Maîtres Peintres & les Sculpteurs de ladite Ville de Bourdeaux ont compris dans les Rôles de répartition des fommes qu'ils doivent payer, les Peintres & les Sculpteurs de ladite Ecole. Et d'autant que l'intention de Sa Majefté a été de diftinguer les Peintres & Sculpteurs de ladite Académie de tous les Arts mécaniques, avec lefquels ils fe trouveroient confondus, s'ils étoient obligez de payer les fommes pour lefquelles ils font compris dans lefdits Rôles. A ces causes, requeroient les Supplians qu'il plût à Sa Majefté, en continuant la protection qu'Elle donne à ladite Académie, décharger tant les Peintres & Sculpteurs de ladite Ecole de Bourdeaux, que tous autres Académiciens, du païement des fommes pour lefquelles ils ont été compris dans lefdits Rôles, avec deffenfes de les pourfuivre pour raifon de ce , à peine de tous dépens, dommages & interefts. Vû ladite Requefte, & pieces y jointes: Oüi le Rapport du Sieur Fleuriau Darmenonville, Confeiller ordinaire au Confeil Royal, Directeur des Finances; Le Roy en son Conseil. ayant égard à ladite Requefte, a déchargé & décharge les Peintres & Sculpteurs de l'Ecole Académique de Bourdeaux, & tous autres Académiciens de Peinture & Sculpture établis dans les Provinces du Royaume, du payement des sommes pour lesquelles ils ont été compris dans les Rôles de répartition de celles que les Peintres & Sculpteurs desdites Provinces doivent payer pour la confirmation de l'heredité des Offices de Syndics & Auditeurs des Tréforiers de leurs Communautez, & réünion des Offices de Tréforiers de leurs Bourses communes ; Fait Sa Majefté défenses ausdits Peintres & Sculpteurs de ladite Ville de Bourdeaux, & tous autres, de pourfuivre lesdits Peintres & Sculpteurs Académiciens pour raifon de ce, à peine de tous dépens, dommages & interefts. FAIT au Confeil d'Etat du Roy : tenu à Verfailles le douziéme jour de Janvier mil fept cens fix. Signé, GOUJON.

ARREST DU CONSEIL D'ETAT

du Roy, portant Privilege à l'Académie Royale de Peinture & de Sculpture, & aux Académiciens, de faire imprimer & graver leurs Ouvrages ; avec défenses à tous Imprimeurs, Graveurs ou autres personnes, excepté celui qui aura été choisi par ladite Académie, d'imprimer, graver ou contrefaire, vendre des Exemplaires contrefaits, à peine de trois mille livres d'amende, confiscation de tous les Exemplaires contrefaits, Presses, Caracteres, Planches gravées, & autres utensiles qui auront servi à les imprimer, &c.

Du 28. Juin 1714.

EXTRAIT DES REGISTRES DU CONSEIL d'Estat.

SUR ce qui a été representé au Roy, étant en son Conseil, par son Académie Royale de Peinture & Sculpture, que depuis qu'il a plû à Sa Majesté donner à ladite Académie des marques de son affection, Elle s'est appliquée avec soin à cultiver de plus en plus les beaux Arts, qui ont toujours fait l'objet de ses exercices ; & comme la fin que Sa Majesté s'est proposée dans l'établissement de ladite Académie, compofée des plus habiles du Royaume, a été non feulement que la Jeuneffe profitât des inftructions qui fe donnent journellement dans l'Ecole du Modéle, des Leçons de Geometrie, Perfpectives & Anatomies, & à la vûë des Ouvrages qui y font propofez pour fervir d'exemples; mais encore que le Public fût informé du progrès qu'y font les Arts du Deffein, de la Peinture & Sculpture, en luy faifant part des Difcours, Conferences & Defcriptions qui pourroient le luy faire connoître, principalement en multipliant par la gravûre & impreffions les beaux Ouvrages de ladite Académie Royale, afin de les conferver à la pofterité, unique moyen de perfectionner les Arts, & d'exciter de plus en plus l'émulation. A ces causes, Sa Majefté defirant donner à ladite Académie, & à tous ceux qui la compofent, toutes les facilitez & les moyens qui peuvent contribuer à rendre leurs travaux utiles au Public : Le Roy étant en son Conseil, a permis & accordé à ladite Académie, de faire imprimer & graver les Defcriptions, Memoires, Conferences, Explications, Recherches & Obfervations qui ont été & pourront être faites dans les Affemblées de l'Académie Royale de Peinture & Sculpture ; comme auffi les Ouvrages de gravûre en taille-douce ou autrement, & generalement tout ce que ladite Académie voudra faire paroître fous fon nom, foit en Eftampes ou en impreffions, lorfqu'après avoir examiné & approuvé lefdits Ouvrages de chacun des Particuliers qui la compofent, Elle les aura jugez dignes d'être mis au jour, fuivant & conformément aux Statuts & Reglemens de ladite Académie ; faifant Sa Majefté très-expreffes inhibitions & défenfes à tous Imprimeurs, Libraires, Graveurs & autres perfonnes de quelque qualité & condition qu'elles foient, excepté celui qui aura été choifi par ladite Académie, d'imprimer ou faire imprimer, graver ou contrefaire aucuns Memoires , Defcriptions, Conferences & autres Ouvrages gravez ou imprimez concernant ou émanez de la fufdite Académie, ni d'en vendre des Exemplaires contrefaits en nulle maniere que ce foit, ni fous quelques prétextes que ce puiffe être, fans la permiffion expreffe & par écrit de ladite Académie, à peine contre chacun des Contrevenans de trois mille livres d'amende, confifcation, tant de tous les Exemplaires contrefaits, que des Preffes, caracteres, Planches gravées, & autres utenfiles qui auront fervi à les imprimer & contrefaire, & de tous dépens, dommages & interêts. Veut Sa Majefté, que le prefent Arreft foit executé dans fon entier; & en cas de contravention, Sa Majefté s'en referve la connoiffance & à fon Confeil, & icelle interdit à tous autres Juges. Fait au Confeil d'Etat du Roy, Sa Majesté y étant : tenu à Marly le vingt-huit Juin mil fept cent quatorze. *Signé*, Phelypeaux.

Louis par la grace de Dieu Roy de France & de Navarre. Au premier notre Huiffier ou Sergent fur ce requis, Nous te mandons & com-

mandons par ces Prefentes fignées de notre main,
que l'Arreft dont l'Extrait eft cy-attaché fous le
contre-fcel de notre Chancellerie, ce jourd'hui donné en notre Confeil d'Etat, Nous y étant, tu fignifies à tous qu'il appartiendra, à ce qu'ils n'en
ignorent, & faffes pour fon entiere execution tous
Actes & Exploits neceffaires, fans demander autre
permiffion: Car tel eft notre plaifir. Donné à Marly
le vingt-huitiéme Juin, l'an de grace mil fept cent
quatorze, & de notre regne le foixante-douziéme.
Signé, LOUIS. *Et plus bas :* Par le Roy, PHELYPEAUX.

*L'AN mil fept cent quatorze, l'onziéme jour de Septem-
bre, à la requête de l'Académie Royale de Peinture &
Sculpture, établie par Sa Majefté dans fon Louvre à Paris ;
J'ay Pierre Colin Huiffier Audiencier aux Requêtes du
Palais, demeurant ruë de la Juiverie, Paroiffe S. Germain le Viel, fouffigné, fignifié & laiffé copie imprimée du
prefent Arreft du Confeil d'Etat du Roy, & Commiffion fur
icelui obtenus aux fins y contenuës, au fieur Charles Robuftel
Syndic de la Communauté des Imprimeurs & Libraires de
Paris, en leur Bureau & Chambre Syndicale ruë des Ma-
thurins, en parlant à fa perfonne, & ce tant pour luy que
pour les autres Imprimeurs & Libraires, à ce qu'ils n'en
ignorent, ait à y fatisfaire, & faire fçavoir à fa Communauté ; lequel fieur Robuftel parlant que deffus, a fait ré-
ponfe, tant en fon nom qu'en celui de fes Adjoints & de fa
Communauté, qu'il accepte la prefente fignification, & qu'il
n'empêche que le prefent Arreft portant Privilege accordé
par Sa Majefté à fadite Académie Royale de Peinture &*

Sculpture, n'ait son entiere execution ; en se conformant par ceux qui feront graver & imprimer quelques Ouvrages ou Estampes en execution dudit Arrest, aux Reglemens rendus au sujet de l'Imprimerie & de la Librairie, & notamment à l'Arrest du Conseil du 17. Octobre 1704. qui ordonne que de tous les Livres, Feüilles, Estampes & Gravûres, il en sera fourni, avant de les exposer en vente, huit exemplaires en la Chambre Syndicale de la Communauté ; & a signé, ROBUSTEL, Syndic.

Contre laquelle réponse j'ay, pour ladite Académie, réiteré les défenses portées au susdit Arrest, & protesté de tout ce qu'il y a à protester, & laissé copie, tant du susdit Arrest & Commission sur icelui que du present. Signé, COLIN, avec paraphe. *Contrôlé à Paris le* 13. *Septembre* 1714. R. 45. *folio* 72. Signé, PONTAINT, avec paraphe.

Collationné aux Originaux par Houx
Conseiller-Secretaire du Roy, Maison,
Couronne de France et de ses Finances.

Signé, Lauthier.

En consequence du present Arrest, l'Académie Royale de Peinture & de Sculpture, a choisi le Sieur Collombat, Imprimeur des Bâtimens du Roy, pour faire ses Impressions, ce jourd'huy vingt-sept Octobre mil sept cent quatorze.

Signez, COYPEL, DE LA FOSSE, *&* DE BOULLONGNE.

TAVERNIER, *Secretaire.*

FIN.

9 782014 449471